時代小説文庫

角川春樹事務所

本書は、ハルキ文庫（時代小説文庫）の書き下ろし作品です。

目次

第一章　七夕飾りと、踏ん張りどころのだまこ汁

うなじに貼《は》りつくようだった梅雨時《つゆどき》の湿気が消えて、夏の暑さが一枚ずつ風から剝《は》がれ落ちていく。

向島《むこうじま》の土手沿いに並ぶ木々の葉の緑は、うっすらと土や埃《ほこり》を積もらせ、少しくたびれた色合いだ。猪牙舟《ちよきぶね》が行き来する大川《おおかわ》の波も、心なしか重たげにゆらりと漂っている。

過ぎていこうとする夏の隙間《すきま》を埋めるように、そっと秋が忍びこむ。

文政《ぶんせい》七（一八二四）年、暑さと涼しさがまだまだせめぎ合いをしている文月《ふみづき》であった。

浅草《あさくさ》東側の大川岸、大川橋の手前、花川戸《はなかわど》町《まち》。長屋の木戸番の隣の一膳飯屋《いちぜんめしや》『なずな』は二階に住居を持つ表店《おもてだな》だ。

店の奥に小上がりがあり、その手前に床几《しょうぎ》が置かれている。小上がりの端にあるのは流しと竈《かまど》で、竈の手前にしつらえた見世棚《みせだな》に笹《ささ》の葉で包《くる》んだ押し寿司《ずし》の〝稲荷《いなり》笹寿

司〃、細かく刻んだ鶏《とり》の肉と豆腐をこねて丸めたものを串《くし》焼《や》きにした〃ふんわり灯心田楽〃、それから〃鯵《あじ》の子とこんにゃくの炒《い》り煮〃といった珍しい料理と、浅蜊《あさり》の佃《つくだ》煮《に》に、きんぴらごぼうという馴染《なじ》みの料理の載った皿が並んでいる。

入り口の戸は開いたままで、下げた暖簾《のれん》がときおり、風に翻《ひるがえ》った。

暖簾が動く度に、客が来たのかと、厨《くりや》に立つ女が顔を入り口に向ける。

店にいるのは彼女だけだ。『なずな』は江戸では珍しく、女が包丁を握る店なのである。

朝五つ（午前八時）。通りを行き来するぼてふりたちの呼び声に、どこで遊んでいるのか子どもたちの笑い声も聞こえてくる。遠くからとんてんかんと槌《つち》の音がする。

「なにやってんだい。危ないんだよっ。このすっとこどっこい」という叱《しか》り声にかぶさって「すみませんっ。親方」と先の声より大きな声の謝罪が響いた。

さらに「情けねぇ顔でしょぼくれてんじゃねぇよ。落ち込んでる暇に手ぇ動かせ」と怒鳴り声が続く。

店のなかで黙って聞いていた女が、思わずというように首をすくめて「はいっ。すみません」と謝罪した。

なにかと「すみません」が口をついてでるのは、彼女の癖だ。

柿《かき》色に茶の縦縞《たてじま》の着物に襷《たすき》をかけて袖《そで》をからげ、外の様子に耳を澄ましていた彼女の名前は、はるという。美人ではない。が、ふとしたときの表情に滲《にじ》む素直さが彼女にかわいげを添えていた。今年、二十三歳になったのだけれど未婚のためまだ歯は白い。

「そうよね。落ち込んでる暇に手を動かさないと」

はるは、里芋をひとつ手に取って、包丁でぐるっと切れ目を入れはじめる。

里芋はぬめりがあるので皮が剝《む》きづらいが、あらかじめ皮に切れ目を入れてから茹《ゆ》でると、簡単に、皮をすぽんと手で引き剝がせるのだ。

「それにしても今日は音がよく響く。風に紛れて水の匂《にお》いもするし、昼から雨が降るかもしれないわ」

春夏秋冬、四季に応じて風に運ばれてくる匂いが違う。

夏から秋にかけての江戸はあちこちで、蚊遣《かや》りの、積み上げた松葉と青草を炭火で焼いていぶした煙が立ち上がっている。

たいていの香りは蚊遣りの煙に押し負けてしまうものだが、たまに、吹き込む風に水の匂いが混じることがある。喉《のど》の奥に染みこむように湿気が濃くなり、肌もいつもよりしっとりと潤む。

そんな日は後から雨になる。

「天気がいいなら、ちょっと足をのばして、うちでご飯を食べようって思ってくださる方が多いかもしれないけど、雨降りだと見込みは薄いわね」

小声でつぶやき、うつむいた。

はるの足下に置いてある、水を張った盥《たらい》のなかで浅蜊がぴゅっと砂を吐きだす。流し場の笊《ざる》には鮎《あゆ》が五尾と、大きな鰺が十尾載っている。里芋は昨日買い込んだものが、おがくずの入った箱のなかだ。使い残しのごぼうと人参《にんじん》に青菜に葱《ねぎ》が入った籠《かご》を見て、はるは「多すぎたかしら」と、つぶやいた。

『なずな』に悪い噂《うわさ》がたって、客が離れていったのは、皐月《さつき》の、川開きの頃《ころ》のことである。『なずな』に出入りする船頭たちの柄が悪いと、女客が言いだしたのが発端だ。気づいたときには客足が落ち『なずな』は、しん、と静かな店になっていた。

それでも以前からの馴染みの客は、毎日、顔を出してくれている。

悪評が立つきっかけとなった船宿『升田屋《ますだや》』の女将《おかみ》とはるを出会わせた岡っ引《おかぴ》きの八兵衛《はちべえ》は「おいらが裏にも通じてる船宿を紹介しちまったせいだよなあ」としょげて、頭を下げた。

羅宇屋《らうや》をしながら岡っ引きもする八兵衛の聞き込みの力はあなどれない。どこからどうして『なずな』にまつわる悪評が立ったかを、あっというまに調べてくれた。

すべての噂の出所は――浅草の小間物屋のひとり娘、おきくだったと八兵衛は言う。

おきくをとっちめてやろうかと八兵衛が息巻いていたのを、押しとどめたのは店主の治兵衛《じへえ》とはるである。

大店《おおだな》のひとり娘を「とっちめる」なんて言語道断。逆に『なずな』は、小娘に脅しをかけにいった怖い店ということになってしまう。

はるは「それなら、八兵衛さんのお知り合いをたくさん連れてきてください」と頼み込んだ。

図々《ずうずう》しい頼みかもと思ったのに、八兵衛は「はるさんには、本当に弱いんだ」と頭を掻《か》きながら「わかったよ。江戸中の知り合いをみんなこの店につれてきてみせらあ」と請け合った。

人を連れてきては、まわりに聞こえるようにひとくさり。

天気のいい日は戸を開け放していたものだから、八兵衛の声は道をいく人の耳にも届くのだ。

毎日毎日「頼むよ。ここは旨《うま》い料理を出してくれる一膳飯屋なんだ。おいらが迂闊《うかつ》だったせいで、娘っこたちにいろいろと言われて、怖い客がいるから危ない店だなんて噂が出ちまった。笑えるじゃねぇか。賭場《とば》じゃねぇんだ。酒を飲んで飯食って帰るだけの店に危ないも安心もねぇんだよ。……っていうかよ、そもそも酒を出す一膳飯屋に女ひとりで来るってことが珍しい。たちの悪い噂を流してのけた娘さんは、言っちゃなんだが、一度こっきりしかここに来てない、世間知らずのお嬢さんだ。ちっとでも気の荒い男を見たら、おっかなくて震えるみたいなそんな小娘の流した噂だぜ」

と、おもしろおかしく話をする。

世間知らずのお嬢さん、と、八兵衛が言う度に、はるの胸の奥がちくちくと痛んだ。はるもまた、お嬢さんではないが世間知らずの娘っこだ。悪評をはねのけるのに自分の力だけでどうにかできるわけでもなく、頼りになる大人の手を借りて、払拭《ふっしょく》してもらわないとならないのが情けない。

八兵衛は流暢《りゅうちょう》に「ここは団子屋でもねぇからさ、噂を流した女たちはみんな、一回か二回、ちょいと顔を覗《のぞ》かせた程度さ。それも、いなせな船頭がよく来るからって、きゃあきゃあ、わいわい、その面を拝みに来てただけなんだぜ。その船頭たちはみんな『升田屋』の連中だ。たちが悪い男かどうかっていうと、そりゃあ、たちのいい男でもねぇさ。船頭だからな。己の腕一本で、船に乗ってる客たちの命預かる連中だ。気《き》っ風《ぷ》がよくて、酒飲みで、喧嘩《けんか》っぱやいし、女にもてる。そこがよくって娘っこたちは、船頭見物がてら、飯を食ってたんだ。それが、自分らで勝手に盛り上がった挙げ句、勝手に怖がってりゃあ世話ねぇや。店とは関係ねぇじゃねぇかなあ」と大いに嘆き、酒をふるまい、帰り際には「飯が気に入ったらさ、どうぞ贔屓《ひいき》にしてやってくれ」といろんな人に、拝み倒した。

八兵衛の頼みなら、と、連れられてきた客たちは、はるの料理に手をつけ、舌鼓《したつづみ》を打った。なかにははるの料理を気に入って、再訪してくれる客もいる。ありがたい話である。

そうやって、まわりの人たちが『なずな』を助けてくれるものの、いまの『なずな』は、一時期の賑《にぎ》わいにはほど遠い。

いっとうよく客が来てくれていた夏の頃と同じに仕入れをし、同じ量の料理を作れば、おかずが余る。

「今日の仕入れは多すぎたかしら。けど鮎は注文していただいたお弁当に入れたかったから。弁当だけ立派で、店では鮎の塩焼きがないなんて、そんながっかりさせるようなことはしたくない……」

店での売上は減ってはいるが、はるの機転で、ぼてふりの熊吉《くまきち》とみちに頼み、弁当を売ってまわってもらっている。

弁当は、事前に注文をしてもらって作る提重《さげじゅう》の弁当と、稲荷笹寿司に他の片手で食べられるような灯心田楽やむき身の青柳《あおやぎ》の串焼きなどを包んだものの二種である。

いまはその弁当の売上が『なずな』の頼みの綱だった。

傍らに置いてある漆塗《うるしぬ》りの立派な提重の弁当箱は『なずな』の店主である治兵衛の家のお古だ。手提げの木箱に、四段の重箱がすっぽりとおさめられている。脇《わき》にあるのは徳利《とっくり》の形に丸く抜いた板で、徳利をそこにしまうと、倒れないし、中味が零《こぼ》れない。

五個だけの提重の弁当は、立派な器に見合うだけの中味を詰めた弁当で、高値なのがかえってみんなの興味を惹《ひ》いたようだった。事前に注文しなければいけないという手間や、一日に五個しか頼めないという個数の限定も、これに関しては良い方向に作用していた。いまのところ、毎日、注文が途切れずに来る。

今日の提重も、あとは里芋の煮ころばしを詰めれば完成だ。

「鯵はお弁当に入れられないっていうのに、いいのを見たから、つい買ってしまって。それに今日の鯵は卵を抱えていたから、鯵の子で、おもしろいものを作れたし」

つい、なんて言っている場合じゃあないんだろうけれど。

「たった十尾の鯵が店で出ないなら、うちはもう弁当屋になるしかないじゃない……。

もし残ったとしても、鰺は干物にすればいいわ。干物はいつ焼いても美味《おい》しいし、焼いてほぐしたものを薬味たっぷりで和《あ》えたのを冷えたご飯に載せて、味噌《みそ》味《あじ》の出汁《だし》をかけて出せばいい」

でも、今日の残りを明日出すような気持ちで仕入れをしても、いいのだろうか。

いや、鰺を十尾買うことにすら、いちいち気弱でいて、やっていけるわけがない。もっと自信を持って「売ってやる。焼いてやる。食べてもらおう」という気合いを込めて、やらないと――ここまで支えてきてくれたまわりの人に申し訳ないと、最終的に、はるの気持ちはそこに落ち着く。

幼いときから背中を丸めて様子をうかがって生きてきたゆえの自分の口癖は、骨身に沁《し》みたものなのだ。

どこまでいっても「申し訳ない」と「ごめんなさい」が重なるばかり。

だからこそ申し訳ないと思う相手に誠意を尽くそう。

「落ちた店の売上は、わたしの料理の腕で持ち直してみせる。自信がなくても、見栄《みえ》を張るんだ。いまが踏ん張りどころってやつよ」

だって、わたしは、江戸に負けたくないと思ったんだから。

弁明するように自問自答しながらも、はるは、するすると手を動かした。

はるが『なずな』の板場に立てているのは、さまざまな幸福な偶然の積み重ねであった。

「女の身でここに立たせてもらってるんだから、精一杯、がんばらないと」

わたしは江戸で――『なずな』で料理を作って商いをして――寅吉《とらきち》兄さんを捜すのよ。

誰《だれ》に言うのでもなく、はるはそうひとりごちていた。

一昨年《おととし》までのはるは、下総《しもうさ》の親戚《しんせき》の家で畑を耕して生きていた。

はるが十二歳のとき、男手ひとつで薬売りをしながらはると兄とを育ててくれた父が急死し、ひとつ年上の兄の寅吉は、手持ちの銭と一緒にはるを下総の親戚の家に預けた。

寅吉は「俺《おれ》は口入れ屋に頼んで奉公先を探す。その金で、はるのこと食わしてやってくれ」と頭を下げた。

自分とたったひとつしか違わないのに、と、はるは当時の兄の気持ちを思うと切なくなる。

はるが十二歳。寅吉は十三歳。

本当は兄だって泣きたかったはずなのだ。

本当は兄だって誰か大人に頼りたかったはずなのだ。

それなのに、兄は、きっぱりとした顔で、父の死と、はるのこれからをひとりでてきぱきと片付けていた。はるはというと、泣いてばかりで、なんの役にも立たなくて、兄を励ますことすらできていなかった。

はるは、一回だけ、兄に「兄ちゃん、置いてかないで」と小声で頼んだ。大きな声で言えなかったのは、兄を困らせるとわかっていたから。去って行く兄を走って追いかけることはしなかった。聞き分けがいいのは、はるのいいところ。でも裏を返せば短所でもある。

親戚に頭を下げて「兄ちゃんも一緒に置いてください」と泣いて頼むくらいしてもよかったのではと、いまになって後悔している。

言えばよかったのに。兄と一緒にならどんな苦労も厭《いと》わないと言えばよかったのに。

ただ、べそべそと泣くだけで、はるには意気地がなかったのだ。

自分よりたったひとつ年上なだけの兄にすべてを押しつけて、子どものままでいることに甘んじた。

以来、はるは兄と会っていない。

——そうしてわたしは、あやまって暮らすようになったのよ。

ここにいてごめんなさい。少しのあいだだけ、身を寄せさせてください。決してお邪魔はしないので。

そういう気持ちで、生きてきた。

親戚たちは善人だったから、はるにつらくあたることは一度としてなかった。けれど、かつかつの暮らしぶりだったのは、はるにだってわかっていた。

自分の存在は望まれたものじゃない。いさせてもらうそのかわりに、せめて、寝ついた年寄りと、幼い甥《おい》の世話をしながら畑仕事を手伝わなくてはと、必死に働いた。

飢饉《ききん》のときには山の木の実や野草のみならず、木の枝の皮を剝いで煮詰めて柔らかくしたものを干したり、煎《せん》じたりして食べていた。誰かが捨てた魚の骨を道ばたで拾い上げ、焼いて、乾かして、すり鉢で丁寧にすりつぶしたものを出汁にして、飲んだ。

朝は暗いうちから働いて、夜になって「もう動けない」と全身が軋《きし》むようになってから倒れ込んで横たわる。はっと気づくとまた次の日の朝だ。

はるが、身を細くしてこわごわと「ここに置いてください。役に立ちますから」と言いながら暮らしているうちに、年寄りが息を引き取り——幼かった甥っ子は自分で自分のことができるくらいに大きくなった。

そのときにはるを娶《めと》ってくれる相手が村にいれば、はるは下総で落ち着いたのだろう。

しかし、そんな話はとんとなく――そろそろ、親戚の家を出て、自分の居場所を作らなくてはならないと、内心で焦りだしていた頃合いに、江戸から、兄の文《ふみ》をたずさえて、彦三郎《ひこさぶろう》という男がやって来たのであった。

――兄の寅吉の文をたずさえて、下総のはるを訪れた彦三郎は三十路《みそじ》の優男《やさおとこ》。

絵師だという彼は、「文を渡した男は、こういう顔だった」と寅吉の絵をさらさらと描《か》いてくれた。はるが十二歳のときに別れたきりの寅吉だったが、彦三郎の絵のなかの寅吉は「育ったらきっとこんなふうになっていただろう」とはるが思い描いていたとおりの凜々《りり》しさで、だから、はるは、兄を捜しに江戸にいこうと思いついたのだ。

女のひとり旅は危険が伴う。おまけに、はるは、江戸に縁者がひとりもいなかった。

それでもしゃにむに江戸に出ることを決めてしまったはるを、彦三郎は心配した。

ひとりで旅立つのは心許《こころもと》ないと思ってか、彦三郎ははるの旅路に同行してくれたのである。

それだけでも充分なのに、そんなはるの、ただ、食いしん坊なところだけを見込んで、彦三郎ははるを『なずな』に押し込んだ。

彦三郎がいなければ、自分はどうなっていたのだろう。

――わたしひとりだったら『なずな』に来ることはなかったわ。それだけじゃなく、来たとしても、治兵衛さんとまともに話ができなかったに違いない。

『なずな』の店主の治兵衛は険しい顔つきの頑固者で、とにかく顔が怖いのだ。しかも、はるが、はじめて『なずな』に足を踏み入れた日、店主の治兵衛は客と喧嘩の最中だった。

治兵衛はもともと、急に亡くなってしまった次男坊の死を悼《いた》む気持ちで『なずな』を継ぐことにしたらしい。

『なずな』はそもそもが治兵衛の次男、直二郎《なおじろう》がやっていた店なのであった。子を亡くした親の気持ちはいかばかりか、はるにはわからない痛みがきっとあったのだろう。治兵衛は営んでいた老舗《しにせ》の薬種問屋を長男に譲り、『なずな』をはじめた。けれど、料理が下手《へた》で、包丁を使うのもやたらに時間がかかる治兵衛に一膳飯屋は難しかった。

そのせいで客との悶着《もんちゃく》が絶えなかった。

――あのとき、わたしは、お客さまに怒鳴りつける治兵衛さんに驚いて、おっかなびっくりで。

けれど彦三郎は、治兵衛をふわふわと受け流して、はるに料理を作らせて治兵衛に食べさせてしまったのである。

そこからころころといろんなものが転がって、気づけば、治兵衛ははるの料理を美味しいと認め、空いている二階に住まわせて、はるを雇い入れてくれたのだ。

どうして、と彦三郎に何度か聞いた。

どうして自分を『なずな』に連れてきてくれたのか、と。

彦三郎は「ちょうどいいと思ったんだ」と、そう言った。はるが食いしん坊なこと。料理を作るのが好きなこと。おっとりとしたはるの性格。はるのなかにある食べ物に対する思い入れを掬《すく》い上げ、はるのすべてを「ちょうどいい」とまとめて『なずな』に押し込んだ。

言われてみれば、はるは食べることが大好きだった。作ることも大好きだ。

さらに、はるは、家事のすべてをなんなくこなす。

掃除もできるし、治兵衛よりずっと器用に包丁を使い、飯炊きをする。誰に習ったわけでもなく、はるの作る料理はどれもこれも自己流なのだけれど、治兵衛は、はるの作った料理を食べて、はるに『なずな』の板場をまかせてくれるようになった。

そうして――はるにとっては思いがけない縁がつながれ、いろんな人たちのおかげで、はるは、江戸で『なずな』という居場所を得ることができたのであった。
とどのつまり、はるがここにいるのは、彦三郎という男のおかげであったのだ。

はるが来《こ》し方を思い返していると、暖簾が捲《めく》れ、ほっかむりをした頭がひょいとなかを覗き込んだ。

本日、はじめてのお客だ。

「いらっしゃいませ」

はるは声を張り上げた。

しかしすぐに、

「ごめん。客じゃないんだ。あたしだよ」

申し訳なさそうな声が返ってきた。

はるの友人の、みちである。

「こっちから入らないで裏から出入りするべきだったよね。悪かったよ。いま、裏にまわるから」

引っ込んだ頭に、はるは「いいわよ、おみっちゃん」と声をかける。

「見てのとおり、お客さん誰もいないもの。そのまま表から入って」

気遣わせたくなくて、明るく言うと、ばつの悪そうな顔をしたみちが、竹笹を片手にひゅっと身体《からだ》を斜めにして店に足を踏み入れた。裾《すそ》をからげた脚絆《きやはん》姿のみちは、女だてらに天秤《てんびん》を担いで野菜に花にと、季節に応じて安くていいものを売ってのけるぼてふりなのだった。

そして朝のひと仕事を終えると、今度はその天秤棒で『なずな』の弁当を引き受けて、売ってまわってくれている。

「おみっちゃん、それ、どうしたの」

みちの持つ葉が茂った立派な竹笹に、はるは目を丸くした。前掛けで手を拭《ぬぐ》って、湯飲みに水を注《つ》いでみちに手渡すと、みちはごくっと一気に飲み干す。

湯飲みを受け取り「おかわりは」と聞いたら「もういいよ。ごちそうさん」とみちが言う。

「どうしたもこうしたもないよ。明後日《あさって》が七夕じゃあないか。七夕には竹笹に願い事書いて、庭や軒先や物干し台に立てるもんなんだよ。芸事や裁縫が上手《うま》くなりますようにって願掛けや、そうじゃなくてもなんでもいいんだ。とにかくなにか願うんだよ。

あんた忙しくしてるから竹笹を用意する暇もないじゃあないかって、適当に見繕って持ってってやってくんなって言付けられて。ちゃんと短冊も用意したから、あとはあんたが願いを書くだけさ」

ぽんぽんと弾むようにでてくる言葉に、はるは耳を傾ける。

みちの口は、うらやましいくらいに、よくまわる。

「七夕飾りって」

そんなこと、思いつきもしなかった。

はるがぽかんとしているので、みちが怪訝《けげん》そうに眉根《まゆね》を寄せた。

「なんだい。竹笹は七夕につきもんなんだよ。おはるちゃんが前にいた、下総じゃあ違うってのかい」

はるは「違わないけど」と口ごもって首を傾《かし》げる。

「わたし、笹の葉に食べ物を包んだり、笹の葉を煎じて飲んだりって、竹笹にはよくお世話になっていたし、いまもお世話になっているわ。でも竹笹を飾ったことはないのよ」

はるはそう言いながら、見世棚に山と積まれている笹寿司を横目で見る。甘じょっぱく炊いた油揚げを具にして、笹の葉で包んで押し寿司にした〝稲荷笹寿司〟は美味しいと評判で、いまや『なずな』の看板料理のひとつであった。

「短冊ぶら下げたことなかったってのかい」

みちが驚いた顔になった。

「わたしがご厄介になっていたおうちでは飾らなかったわ。そのかわり、神社に飾られてたかもしれない。紙なんてもったいないから使えなくて、木の葉に願いを込めて……手を叩《たた》いてみんなで拝んだこともあったような……」

だいいち、墨もなかったから、なにかを書いて下げられるのは庄屋《しょうや》の子どもだけだったはずだ。だって一回こっきりで終わってしまうそんなものに、紙なんて使えないもったいない。

「薬売りだったおとっつぁんと歩いてたときはどうだったのさ」

みちが聞いてくる。

はるは、下総で暮らすその以前は、薬売りの父と、ひとつ年上の兄の寅吉と、国じゅうを渡り歩いて暮らしていた。

幼いときの記憶をひっくり返して思いだそうとしてみても、竹笹を飾って願いを書いた紙を吊《つる》した覚えはないのであった。

「なかったわ」

ただし七夕そのものをしなかったというわけではない。「外つ国《とくに》では索餅《さくべい》というお菓子を食べるものだが、どういうものかわからないんだ」と言いながら、父が、揚げ菓子を作ってくれたことが何度かある。練った小麦を細長く紐状《ひも》にまとめ、縄のように編んだその菓子は、父のもとでしか食べたことがない。

「でも、お菓子は、何回か食べさせてもらったの。贅沢《ぜいたく》できるときだけね。……かりっとしてて、なかがふわっとしてて、砂糖をかけたらほっぺたが落ちそうなくらい美味しかった。もちろんだいたいのときは砂糖はなかったから、揚げたてをそのままで食べたの。それはそれで美味しくて、粥《かゆ》にひたして食べたりもしたのよ。索餅ってい う名前の食べ物で」

「さくべい？　なんだいそんなの聞いたことないよ」

「わたしも、おとっつぁんからしか聞いたことないわね。おとっつぁんは食べることに熱心すぎて、飾ることまで思いつかなかったのかもしれない」

　真顔で伝えると、みちが呆《あき》れた顔になる。

「思いつくも、つかないもないんだよ。明後日は、七夕で、江戸中の井戸を綺麗《きれい》にさらって、水を入れ替えて、お清めの塩と酒を供えたり……そういう日なんだって。つまりまあ、お祭りだ」

「お祭り……なのね」

あんたは本当に食べる以外のことに疎すぎると、みちが嘆息を漏らした。

「苦しいときや、つらいときには、お祭りが効くんだ。ぱあっと景気よく願い事して、ぱあっと大きな竹笹飾ってさ」

「お祭りが効くって……」

首を傾げたが――心の奥底で合点がいった。

暮らしていくのに役に立たない綺麗な花と同じなのだ。食べられなくても、薬にならなくても、可憐《かれん》な花が咲いているのを見ると、胸の内側があたたかくなる。咲いている花の色が目のはしに鮮やかに飛び込んで「綺麗だな」と感じた途端に、冷えて固まってぴくりとも動かなかった気持ちが解けていく。

そんなふうに祭りも心に効くのだろう。

祭りを楽しんだところで――竹笹を飾ったところで――昨日と同じ明日が続くだけで、日々はなにひとつ変わらないとしても。

「効くんだって。いいから願い事書いて飾りなよ。わかったね。どうせあんたは用意しなかろうって、彦三郎が、あたしにわざわざ言付けてったんだからさ」

突然でてきた「彦三郎」の名に、はるは目を瞬《しばたた》かせる。

「彦三郎さんがこの竹笹を？」

嫌みのない「押されればそのまま倒れる。なんなら吹き飛ぶ」ような、彦三郎の姿がはるの脳裏にふわりと浮かび上がる。

そういえば、みちは「適当に見繕って持ってってやってくんなって言付けられて」と言っていた。

「うん。そうだよ。あたしは花売りもしてるだろう？　どうやら彦三郎がいま雇われている人が、変わり菊のいいのを探しまわっているらしくって」

「彦三郎さんが雇われているっていうと、岩崎《いわさき》先生ね」

岩崎灌園《かんえん》。

園芸の達人で、立派な、江戸の本草学の学者先生である。

「そう。そんな名前だったよ。その、岩崎先生とやらのところで働いている小僧が来てさ。――おかしな話さ。あたしのところに小僧を寄越《よこ》して聞いたところで、菊のなにがわかるっていうのさ。うちで売ってる花なんて、高いもんじゃあないんだから。そんなの彦三郎も知ってるはずだろ」

「…………」

「そうはいっても聞かれたからには、精一杯の知恵を絞って、菊職人の腕のいいのを何人か教えてやったよ。なにもなしで帰ったところで怒られやしないのかもしれないが、それでも小僧を手ぶらで帰すわけにもいかないからねえ」

「そうなの」

目を瞬かして聞くと「そうさ」とみちがうなずく。

「あたしが教えた菊職人は、まだまだ無名の連中さ。あたしがぼてふりで売る菊ってのはさあ、安値だもん。それでも、長屋の庭先で、ちっちゃく、大事に、丁寧な仕事をする連中のなかには、細々といい花を育ててる職人もいるにはいるのさ。そういう職人の名前を教えといたよ」

みちの説明に、はるが感嘆する。

「さすが、おみっちゃん」

「なにがだよ」

みちは小さな商いをこまめに続けているのだ。長屋住まいで仕事をしている「名のない」菊職人たちの情報も知っている。名人は、最初から、名人だったわけではない。これから名人になる、まだ何者でもない誰かが、美しい変わり菊をいままさに咲かせているかもしれないではないか。

「おみっちゃんは顔が広いし、目端《めはし》が利くのよ。小さな、名前のつかない仕事も、ちゃんと拾っていく。それに、頼られたら嫌って言わずになんでもやっちゃう人だから、彦三郎さんがおみっちゃんに聞こうとしたの、わたしはわかるわ。わたしだってきっとそうする」

「え……なんだよ、それは。あたしはそんなにたいしたもんじゃあないよ」

みちは慌てた顔でばたばたと手を振った。

「たいしたもんなのよ、おみっちゃん」

言いながら、巷《ちまた》に広く知られていて手広い商いをしている大店や有名な人だけではなく、みちに聞いてくるあたりが彦三郎だと思うはるである。

その場しのぎで動いているようで、ちゃんと頼るべき人を見極めている。みちが義理堅く、役に立つ女なのを、彦三郎は知っているのだ。「ちょうどいいと思ったんだ」と、はるを『なずな』に連れてきたときと同じだ。適材適所。ぴたりと、はまるべき場所にいろんなものをあてはめて、自分はそれをふわふわと笑って眺めている。

みちは「あたしからすると、あんたのほうがよっぽど、たいしたもんだよ」と真顔になった。

「おはるちゃんは、人の、いいところを言葉にするのが上手だよ。人によってはあたしのことを〝めざとくて、がめつい女〟って言うんだ。それをあんたは〝目端が利いて顔が広い〟って褒めてくれる。しかもいつだって本気でそれを言ってくれるから、参ったね。参るんだ」

「え……」

「とにかく、そのついでに竹笹を頼むって伝言されたから、ここに置いとくよ」

と、竹笹を邪魔にならない壁際に立てかけた。

みちはあらためてまた外に出て、今度は仕事道具の天秤棒を担いで戻ってきた。天秤棒を床におろし、手拭《てぬぐ》いを頭からするりとはずして丁寧に畳みながら床几に座る。天秤棒の両方の桶《おけ》は空っぽだ。野菜も花も売り切ってからここに来てくれたようである。

「墨は、彦三郎が置いていったのがあまってるはずだし、それを使ってくれていいってさ」

「そう言われても、彦三郎さんの筆と墨を使うのは申し訳ないから使えないわ。あれは全部、絵の仕事のためのものじゃあないの」

困惑して言い返すと、みちが「もったいながられるような紙でも筆でもなかろうよ。彦三郎のもんなんだから。たいした墨でも筆でもないさ」と鼻で笑った。

彦三郎の絵の腕を下げるような言い草に、たとえ仲の良いみちであっても、胸の内側がもやっと煙くなる。

「そんな言い方しないでよ。あのね、彦三郎さんがいま寝泊まりしているところの岩崎先生は、本草学のえらい先生なのよ。そこで彦三郎さんは、先生に絵を見込まれて、草花や虫の絵を描いているの。岩崎先生は、いままでにないような本をお作りになるおつもりで……」

彦三郎は、ここが仕事の正念場だとはるに告げ——岩崎灌園という著名な学者のところにいったのだ。

その心意気を感じとっているからこそ、つい、力がこもってしまう。

「草花の姿だけじゃなく、その種や苗、植え方や育て方まで伝えられる本だって聞いてるわ。生半可な絵の力じゃあ無理な仕事よ。実際に田畑を耕している人たちが見て〝ああ、この草はあれだ〟って腑《ふ》に落ちるようなものを描ける力が彦三郎さんにはあるっていうことよ。彦三郎さんの絵は、たいしたものよ」

しかし、みちは「絵の力はどうであっても、ずっと働かないでのらりくらりとしてきたんだから、仕方ないじゃあないの」と苦笑いを浮かべる。

「おはるちゃんはずいぶんと彦三郎の肩を持つ。そういうところが、あの男は油断がならないんだよねえ」

「そういうところって」

と、口ごもったはるを見て、みちが大きなため息を漏らした。

「気づいたら、女に好かれちまうそういうところ」

そういうところか、とはるも思ったので、うつむいた。

思い当たる節がある。ありすぎる。

「……けど、あいつの性格や顔じゃなく、描いた絵をまっとうに褒めるのは、おはるちゃんくらいだ。彦三郎にとっては困りもんってやつかね」

みちがにっと悪戯《いたずら》っぽく笑って、はるの顔を覗き込む。

「彦三郎のやつ、おはるちゃんに竹笹を用意しといてくれってのを伝えるのがいちばんの要件で、菊はついでだったのかもしれないよ」

「ついでって？」

「ついでは、ついでさ。しばらく会えないでいるのに、お祭り行事のときに気になって言付けしちまうなんて、そりゃあ、あいつも年貢の納め時っていうのかもしれないじゃないか。七夕ってのは年に一度、男の星と女の星が逢瀬《おうせ》をするっていう日だって聞いたよ。会いたいって、そういう気持ちを竹笹に込めてあたしに伝言してきたとかさあ」

「ま、まさか。そんなことはないわよ」

うわずった声が出た。みちの頬《ほお》に片笑窪《かたえくぼ》が浮かぶ。

「あたしは与七《よしち》さんのことで世話になってるから、お返しってわけじゃないけど、あんたと彦のこともどうにかしたいのさ。彦のやつも、変に弱気で、自分の名前は出さないで、あたしがひとりで気を利かせたみたいにして竹笹持っていって、おはるちゃんのこと元気づけてくれって。口止めされたって、止まるような口の持ち合わせがないから、全部べらべらしゃべらせてもらうよ。だってあんたはあたしの友だちで、あたしはあんたの加勢をしたいんだから」

みちと木戸番の与七との仲を取り持ったのは、はるである。祝言はまだだが、与七が衆人環視のもとでみちに求婚したせいで、みちと与七の仲は、いまや、長屋をはじめ近所に知らぬ者がいないのだ。

「加勢って」

「好きなんでしょ。彦のこと」

「好き……なのかもしれないけど。でもみんなして〝彦三郎はやめておけ〟って」

——だいたい、口止めってどうして？

言いたいけれど、言いだせない。はるに気づかれないように親切にしたいというのは、これ以上、はるの気持ちが彦三郎に向かないようにという彦三郎なりの優しさと気配りなのではと懸念する。

——彦三郎さんは、わたしに好かれてるの知っていて、はぐらかすような人だもの。女をむやみに引き寄せて、好意に気づいても、のらりくらりと知らないそぶり。自ら「惚《ほ》れた」とは言わないで、相手の女を焦《じ》れさせて、押しかけざるを得なくなるように仕向ける、そういう男だ。

「あたしだって、やめとけって言うさ。よりによって、彦は、ない。誰にでも優しいから無駄に女にもてて、押しかけ女房みたいなのばっかりひっつけてまわる。誰が相手でも自分から振るってぇことがないのに、呆れられて相手のほうから離れてくように仕向けることができるんだ。あんな、たちの悪い、胡散臭《うさんくさ》い男ってないよ。それが役者ならまだしも、ふがいない、ぱっとしない絵師で」

「ふがいないってことはないわよ。わたし、彦三郎さんの絵が好きなのよ。見てよ。うちの献立絵。すごく美味しそうだし、あったかいものはあったかく、冷たいものはひんやりして見える。寅吉兄さんの絵だって、いまにも話しだしそうな絵で活《い》き活きとしてて」

店の壁に貼ってある絵を指してはるが言うと、

「それだよ。それ」

　みちがくるりと目をまわして天井を見上げた。

「おはるちゃんのそれが、彦三郎を図に乗らせたね。あんた口は下手だけど、顔が上手くて、いつだってまっすぐ褒める。治兵衛さんが叱って、おはるちゃんが褒めてって、そのくり返しで、ふぬけの彦三郎をやっとやる気にさせたんだ。他の女はできなかったのに、ふたりがかりでさ」

　みちがなんとも言えない顔つきで、続ける。

「ひとつだけ、いいこと教えてあげる。あいつは駄目な男だけどさ、別れてった女はあいつのことを悪し様《あざま》に言ったりしないんだ。〝駄目だったけど、いい男だったよ〟って苦笑いさ。離れてく女が罵詈雑言《ばりぞうごん》を言いふらすのなら、悪い奴《やつ》。けど、あいつは悪くはないんだ。駄目なだけ」

「駄目なだけって……それがいちばんたちが悪い」

　はるは思わずつぶやいた。

「そうさ。女はみんなあいつに愛想を尽かして離れていく。でも仕方ない。そんな奴でも、おはるちゃんが好いちまったら加勢するさ。やめようとしたってやめられないのが、惚れるってことだろ」

さらっと付け足されたその言葉を、はるは、複雑な思いで聞いている。

「そうはいっても彦三郎が『なずな』に来ないなら加勢のしがいもないんだけどさあ。七夕のときには来るってことかね」

竹笹を横目にそう言うみちに、はるが応じる。

「来ないわよ。彦三郎さんはいま絵の仕事の正念場なんですもの。だから、しばらく店に来られないって、そう言ってうちの店を出てったのよ」

「だけど、おはるちゃん。あんたの店だって、いまは大変なのに。そういうときこそ側《そば》にいてもらいたいもんじゃあないの」

いらない気を遣わせてはならないと、はるは慌てて口を開く。

「そんなことないわよ。彦三郎さんが岩崎先生のところでがんばっているんだって思えるから、わたしだってここでがんばろうって、踏ん張れるの」

真実だ。

――ちゃんと、勝負所だってわたしに言っていってくれたから、わたしはわたしで、江戸に負けるもんかって胸を張ろうとしゃっきりできた。

口に出したら照れくさくなって頬が熱くなった。いったい自分はなにをみちに伝えているのやら。

「あの……ええと、そう。お客さんはいないけど、でも、大丈夫。いつも来てくれるお客さんたちはみんな宵っ張りだから、昼過ぎからはきっと人で埋まるわよ」

最後はそう言って、ごまかした。前掛けで、意味なく手を拭って顔をそむける。

『なずな』があるのはお気楽《きらく》長屋と呼ばれる長屋の一角だ。大家の一家以外は独り身ばかりの長屋で、木戸番である荒物屋の与七以外の面々は、昼近くにのっそりと起きだしてくる。三味線《しゃみせん》の師匠《ししょう》の加代《かよ》や、腕がいいので有名な彫り物師の彫り辰《ほたつ》は、昼過ぎに「いい匂いがしてくるもんだから」と、眠そうな顔をして店の床几に座るのだ。

他によく来てくれるのは戯作者《げさくしゃ》をやっている冬水《とうすい》先生とその妻のしげ。この夫婦も昼過ぎにやって来ることが多い。夫婦仲のよいふたりは、差し向かいで小上がりに座って、日本酒を飲みながら次々と『なずな』の料理を平らげてくれる。

そして岡っ引きの八兵衛だ。たいてい本業の羅宇屋の道具一式を背負《しょ》って現れて、あれこれと江戸の噂話をしてくれる。

「……八兵衛さんなんて義理堅くっていつもお友達を連れてきてくださるの」

「そうかい」

みちの声が笑い混じりだ。「照れちゃって」なんて茶化さないのは、みちの優しさである。とはいえ、笑いをかみ殺してはるを見ているから、はるの頭はさらにかっと熱くなる。

いい年をしてこんなていたらく。恥ずかしいったらないではないか。

「そうよ。それに、いまは、仕入れも少なめにしているから、たくさんのお客さんに朝から来ていただいても困ってしまう。だってほら、お弁当の注文が入っている。この提重は五個しかないってのに、今日も五個の注文をいただいているのよ。お弁当は本当に評判がいいの」

なにが「そうよ」なのかつながっていないが、とにかくなにかを話したくて口から言葉を紡ぎだす。

「知ってるよ。だって提重を運んでまわるのは、あたしと熊吉の役目じゃあないか。毎日、手分けして江戸のあちこちに運んでるし、食べ終えた提重を引き取りにいってる」

熊吉というのは、今年八歳という幼い身でありながら、蜆や浅蜊を売り歩いているぼてふりだ。病気がちの母を養うために、掏摸《すり》で小銭を稼いでいたのだけれど、はるをはじめ、まわりのみんなの口添えで、いまは改心をしてまっとうに働いて暮らしている。

「う、うん。そうよね。おみっちゃんと熊ちゃんには感謝してもしきれない」

みちと熊吉は昼になると『なずな』名物の稲荷笹寿司を天秤棒の桶に積み上げ、江戸のあちこちに売ってまわってくれているのだ。

「ただでやってるんじゃなく、売上からさっ引いてお金もらってるから、こっちも仕事だよ。感謝なんてしなくていいわよ。そういや、おはるちゃん。これはちゃんと言っておこうと思ってたんだ。熊吉もあたしも、毎日、かかさず弁当を売る仕事ができて助かってるんだ。あんたんとこの弁当はたくさん売れる」

含み笑いがすっと消えて、みちの声が、芯《しん》の通ったものになる。

あらぬほうを見ていたはるは、思わず「はい」と応じ、みちにまっすぐ向き合った。

「弁当を売ってるのはあたしと熊吉。けど、作ってんのは、おはるちゃんだ。持ちつ持たれつだけどさ、たいしたもんだと思ってるよ。おはるちゃんの作ったもんはどれも美味しい。あたしに、こんなにいいもんを、売らせてくれてありがとうね」

はるの胸の内側の「元気の火」に、ふいごで優しく風を吹きつけてくるような言い方だった。

すうっと息を吹きかけられて、はるはしゃっきりと首と背をのばす。

「だから、きっとまたすぐに、お客さんが店に戻ってくる。そうなってもあたしらに弁当を売らせてくれよ。熊吉と一緒にそれを頼もうと話しあってた」

「もちろんよ」

はるはすぐにそう返し、続けてもう一度「もちろんよ。それはこっちからお願いしたいって思ってたことよ。よろしくお願いします」と頭を下げる。

はるの気持ちを恋愛話でふにゃりと柔らかくした後で、ぴしっと活を入れてくれる。これでこそ友だちというものだ。本当にみちは、すごい人だと、内心で舌を巻きながら、はるは里芋の下ごしらえに戻ることにした。

みちは、おかずの詰まった重箱をひょいと覗き込んで「美味しそうだね」と笑顔になっている。

「ちょうど夏から秋への変わり目だから、夏を惜しんで秋を楽しむ献立にしたの。ひとくちそうめんに、鮎に田楽味噌を塗って焼いたもの。それからうちで評判の、灯心田楽も詰めてみた」

ひとくちそうめんとは、そうめんを湯がいたものをくるっと巻いて、寒天で固めた出汁とまとめたものである。これは他では見たことのない一品だ。

のどごしはそのままで、出汁つゆをくぐらせずにつるりと食べることができるし、見た目が涼しげなので店でもよくでて、弁当に入れても評判がいい。

鮎の田楽焼きは、いわずもがなの一品だ。夏をそのまま閉じ込めたみたいな青い匂いがする鮎に、柚《ゆず》の皮をすり下ろしたものを混ぜた田楽味噌を塗って香ばしく焼いている。

灯心田楽は細かく叩いた鶏の肉と豆腐をこねて串に差し、田楽味噌を塗って焼きあげたものだ。表面はかりっと焦げて、噛《か》んでみたらふんわりとした舌触り。その食べ口が新しいと常連の客たちに褒められ『なずな』の新しい看板料理となった。

普通の田楽屋ではなかなか作れない味となり、最近は、よその店でも真似《まね》されるようになったらしい。それでも、はるは、自分の作る灯心田楽が、どこの店よりいちばん美味しいと思っている。馴染みの客たちも「よその店の灯心田楽は、ここほど旨《うま》くねぇんだよ。試しに食った客たちがみんな首を傾げてらぁ」と笑っていた。

さもありなん。はるは、焼いた田楽味噌と鶏の旨味がちょうどよく口のなかで溶け合うように、毎日、真摯《しんし》に肉と豆腐に向き合ってこねているのだ。あっさり真似ができるものではない。

という全部の品のどれもが冷めても美味しい弁当向きのおかずである。

「海老《えび》の天ぷらは、粉に工夫しているから時間をおいてもからっとしていて美味しいの。南瓜《カボチャ》と薩摩《さつま》芋《いも》の天ぷらは秋の味。あと、今日の勝負作はこれよ。鯵の子とこんにゃくを甘じょっぱく煮付けたもの」

「鯵の子とこんにゃく？」

「今日買った鯵は子持ちのが多かったのよ。本当は鱈《たら》の子で作るもんだけど、魚卵だったら同じ味わいになると思って。魚卵を甘じょっぱく煮付けたのは、ご飯によく合う。こんにゃくと炒り煮にしたのは、おとっつぁんが北にいったときに、よく作ってくれたわ」

鯵の魚卵が手に入るなんて、いい買い物をした、と、はるは、ほくほく顔だ。

薄い皮に包まれた鯵の子は、破けないように腹から引き抜いて、丁寧に洗った。そうして、油を引いた鍋《なべ》で、灰汁《あく》を抜いて切ったこんにゃくと一緒にざっと炒める。へらを差し入れ炒めていくと、こんにゃくに、ほぐれた卵がぷちぷちと白くなって絡んでいく。油が馴染んだ頃合いで、砂糖と酒と味醂《みりん》と醬油《しょうゆ》を鍋肌からまわしてかける。

甘からい、砂糖と醬油の濃い味は、江戸っこの好物だ。魚卵とこんにゃくの炒り煮そのものは、よく知らない料理だとしても、この味を食べたらきっとみんな気に入るはずだった。

「白いご飯にこれがあればいくらでも食べてしまえる。そういう味よ。提重弁当を頼んでくださるお客さんは、ちょっと変わったものがお好きだから、食べていただいて感想を聞きたいと思ったの」

他と違ったものを食べられることに、お金をかけることを厭わない人がこれを頼んでくれている。提重弁当は、はるの、力の試しどころなのである。

「もしこれの評判がよかったら、鱈の子の時期になったらたんと作って見世棚に出そうと思ってる。今日の、鯵の子はちょっとしかとれないから、少しずつお弁当に入れて、あとはその見世棚にほんのわずかにあるだけだけど……」

「へぇ」

「あとは、お弁当に欠かせない卵焼きはもちろん入れてる。瓜《うり》と茄子《なす》と茗荷《みょうが》のぬか漬《づ》けを添えて」

「茄子は夏も秋も通して旨いよね」

「そうよ」

ぬか漬けは、はるが下総から大事に抱えてきた、いい味になったぬか床で漬けたものだ。季節ごとの野菜を漬けて店で出している。塩加減や酸味もちょうどよく、酒にもご飯にもよくあうと好評だ。

「稲荷笹寿司を売るより先に、提重を運んだほうがいいのかい。どこのお客さん？あたしがいったことのある人かい」

と、みちが聞いてきた。

単に弁当のおかずに見惚《と》れていたわけではないらしい。それは、そうか。みちだもの。

「ううん。大丈夫よ。これはね、いつもうちを贔屓にしてくださる同心の笹本《ささもと》さまが頼んでくださったものだから。治兵衛さんが笹本さまのところに運んでくれることになっているの」

「そうなの。じゃあ、あたしはこの稲荷笹寿司を売ってくるね」

みちが立ち上がり「ここから持ってってもいいのかい」と見世棚の皿に盛られた稲荷笹寿司に手をのばした。

はるがうなずくと、ひょいひょいと稲荷笹寿司を空になっていた天秤棒の桶に積みあげていく。

「おかみさんたちはあたしの野菜で子どもらのお昼や夕飯を作るとして、仕事で外に出てる男連中はもうじきお腹《なか》の虫が鳴って、どこかでちょいと蕎麦《そば》か茶漬けか、それとも『なずな』の稲荷笹寿司を売りにくる、粋《いき》でいなせで美人で商い上手のぼてふりのおみちを待って買い込むかって寸法だ。今日も稲荷笹寿司売りまくるよ。まかしておきな、おはるちゃん」

頼もしい言葉に、はるの頬に笑みが浮かぶ。

「じゃあ、いってくるよ。ぱっぱっと売って、また戻ってくるから」

山積みにした稲荷笹寿司の天秤棒を担ぎ、みちがさっと外に出ていった。

「ありがとう。よろしくお願いします」

はるは厨の前で深く頭を下げ、みちの後ろ姿を見送った。


大振りの空の壺《つぼ》に竹笹を差し、店の中央に据え置く。

風が吹き込むと笹がかさかさと乾いた音をさせ、青い香りを柔らかくあたりに撒《ま》いた。

がんばれと、そう言われているような気がして、はるはしゃきりと背筋をのばす。

剝き終えた里芋を茹でこぼし、ぬめりを取る。煮ころばしとは別に胡麻よごしも作ろう。すった胡麻に砂糖と醬油を垂らし味をつけ、里芋をすり胡麻のなかにころころと転がしていく。すり下ろした胡麻の香りがぷんと鼻腔《びこう》をくすぐる。

炊いたご飯に青菜を混ぜて、握り飯にする。握り飯は三種作ろう。なにもつけずに塩を振っただけのもの。それから梅干しを混ぜたもの。提重に丁寧に詰めて「できた」と息を吐《つ》く。

手提げの木箱は、重箱だけではなく、徳利もすっぽりとおさまるようにできている。

今回は、徳利には酒ではなく昆布《こんぶ》と鰹節《かつおぶし》から丁寧にとったすまし汁を入れた。

笹本にはいつもよくしてもらっている。笹本の母と妹は、酒を飲まないらしいから、このすまし汁を家で鍋に空けて、あたためて飲んでくださいと、ひと言添えて渡すつもりだ。

風が入り込む。

人の気配に顔を上げ、

「いらっしゃいませ」

と、声をあげたはるは、そこでぽかんと口を開いて固まった。

大きな影がぬっと店に入ってきたのである。

戸口いっぱいを覆い尽くす巨大な岩みたいな影が、人間なのだと理解するのには少しだけ時間が必要だった。

素足に藁草履《わらぞうり》をひっかけて、縦にも横にも大きな身体に子持ち縞の着物。胴体に頭がめり込んだような猪首《いくび》に、太い腕。窮屈そうに身を屈《かが》めて暖簾をくぐった巨軀《きょく》の後ろから、八兵衛がひょいっと顔を覗かせた。

「……八兵衛さん。いらっしゃいませ」

慌てて声を張り上げた。お客さまがいらしたのだ。呆《ほう》けて凝視している場合ではなかった。

ひょうげた風情《ふぜい》でどんぐりまなこをくりくりとまわし、八兵衛が、巨軀の背中をどんと押す。

「ほら、つかえるから先に進んでくんな」

「うす」

大きな男の体軀から出てくるのに似つかわしくないような、少しかすれた細い声だった。

「はるさん、こいつはおいらの友人だ。見ればわかるとおり相撲取《すもうと》りの若造だ。幕下で、まだまだ先は長い修業中の身だけど、なんせこいつはな、この図体だ。きっといつか花開く」

あっけにとられたはるに、八兵衛がぺらぺらとしゃべりだす。

「はい」

何が「はい」なのか自分でもわからないまま、はるはうなずいていた。

「ほら、金太郎《きんたろう》。とりあえず座ってくんな。いや、床几に座らせちゃあおまえさんの目方だと壊れちまうかもしれねぇな。そっちの小上がりがいい。いいだろう、はるさん」

「はい」

「そっとだぞ。そっと。この店は安普請《やすぶしん》だ。金太郎が威勢よく座ったら傾くかもしんねぇからな」

金太郎と呼ばれた相撲取りは「うす」と応じ、そうっと、おそるおそる、小上がりに座り込んだ。

尻《しり》のすべてを載せるのではなく、半ばを預けて、身体半分を浮かすような座り方だった。

——こんなに大きななりをして、繊細な動き方をする。

なりは関係ないのかもしれないが。

「いくらなんでももっと普通に座ってくださっていいんですよ。あの、そりゃあもしかしたら傾くかもしれませんけど、そのときはそのときですよ」

思わずはるがそう言うと、相撲取りの金太郎は「そのときが来ないに越したことはないっす」と、はるを見た。

頰がぷっくりとして、目も鼻もおちょぼ口も、肉のなかに埋もれている。顔の中央にぎゅっといろんなものが寄せ集まったような顔つきのなかで、小さな目が昼のお日さまみたいにきらりと光っていた。白目の色には、年齢が滲む。老いたものの白目は鈍い色で、若くて元気だと透き通って白い。なんの濁りも、ためらいもない活きのいい目から、彼がまだ若いことが知れた。

「そりゃあそうですけど。そんな座り方をしていては、くつろげないんじゃないですか。そういうのは、困ります」

金太郎は八兵衛を見て、八兵衛が「まあ、そりゃあそうだな」とうなずくと、

「うすっ。すんませんっ」

と、ずりずりと尻を動かして小上がりに腰を落ちつける。

大男はたまに愚鈍に見えるものなのだが、彼は違った。一挙手一投足に気を配り、大きな身体の長い手足を使いこなしている。

「はるさん、相撲取りを見るのははじめてかい」

八兵衛は床几に座り聞いてきた。

「はい」

相撲の興行は男たちの血を沸き立たせる大きな催しで、将軍さまも相撲がお好きと聞いている。女たちが歌舞伎《かぶき》役者に胸を躍らせて、どの役者が好きか、贔屓を声高に

語るのと同じかそれ以上の熱意で、男たちは相撲の勝負の内容や番付、好きな相撲取りについて唾《つば》を飛ばして力説する。

とはいえ、相撲は、女人禁制だ。

はるだけではなく女は相撲というのを実際に見ることはできないのであった。

「じゃあ、とくと見ろ。よく見ろ。こいつはこの後絶対に有名になる。出羽海《でわのうみ》部屋の預かりで、いまは四股名《しこな》もついてない、ヒヨッコのただの金太郎だ。けど金太郎ってのがすでに相撲が上手そうな、いい名前じゃあねぇか。親もそれを見越してつけたに違いねぇよ。いずれは横綱になるそういう男だ」

はるが「はい」とうなずいたのと同時に、金太郎が「いや」と否定した。

「いや、じゃねぇんだよ。てめぇはいつもそうだから、それでその図体なのに気持ちが負けて、上がっていけねぇんだ。そこは、ばしっと、胸を張れ」

八兵衛の大声がすごすぎて、はるは慌てて、自分のことでもないのに、びりびりと壁が震えるかと思うような声である。耳から入って、骨まで伝わる。

「はいっ。すみません」

と口走ってしまった。

それと同時に金太郎が「わりっ」と、そう言った。

咄嗟《とっさ》に出てきた言葉だから、きっと、お国訛《なま》りなのだろう。

「なんで、はるさんまで返事するんだよ。しかも、あやまる」

呆れて言われ「すみません、つい。だって八兵衛さんの声がとにかく大きくて、気迫に負けて」と、はるが言い、

「俺のかわりに、あやまってくれて、すんませんっ」

金太郎が大きな身体をすぼませる。

長く話すと、どこがどうとは言えないが、やはり、江戸とは違う訛りがある。抑揚の付き方が独特だ。

「そんなだから、ここに連れてきたんだぜ……」

八兵衛がぐるっと眼《め》を回して嘆息する。

「はるさん、こいつは、はるさんと同じにあやまり癖のある相撲取りなんだ。あやまってくれるのは別にいいが、あやまってばかりいちゃあ困る。こいつの取り組む相撲も弱腰なんだ」

「すんません」

金太郎が再び謝罪し、八兵衛が睨《にら》みつける。

「いいから、あやまんなっていうんだよ。——で、はるさんには、こいつの、あやま

り癖を吹き飛ばすような料理を作ってもらいたくって連れてきたってそういうわけだ。江戸に出てきて八年。こいつももう二十歳《はたち》だ。先は長いようで短い。いま、幕内にあがっとかねぇと、つらいことになる。はるさんは前に、南から江戸に出てきた、竹之内《たけのうち》とかいう奴を励ますのに、美味しい料理をふるまってただろう。あれをこいつにもやってくれよ」

竹之内は薩摩から江戸に本草学を学びに来た若い男だ。江戸のご飯の味にも、水にも馴染めずに、身体も心も弱らせていた竹之内の話を聞いて、はるは、彼の実家の味の料理を作って食べさせた。

竹之内は、はるの手料理に元気をもらったと、やる気になった。

母の作ってくれた味と同じだと、そんなありがたいことまで言ってくれた。

そして、なにひとつ成せないままで故郷に帰るわけにはいかない、そんなことでは江戸に負けて帰ることになるからと発憤し——いまは、学者の岩崎灌園の家に身を寄せて、故郷に錦《にしき》を飾ってみせると意気込んで働いているようである。

やってくれって言われても、と口に出かけた言葉を喉《のど》のところで引っ込める。

踏ん張りどころだと心に決めたのだ。弱腰の返事はすべて封印だ。

「はい」

と深くうなずくと「お」と八兵衛が目を見開いた。

「あやまり癖があって弱気のはるさんが、素直に引き受けてくれるってのは、珍しいね。頼んどいてなんだけど、いままでのはるさんだったらここは〝やってくれって言われても〟なんて濁して、困った顔でこっちを見返していた。こりゃあずいぶんと幸先がいいなあ、おい。勝つ気になったはるさんの、人を勝たせる料理が食えるって期待していいんだね」

八兵衛の指摘があまりに的を射ていたから、はるは、へにゃりと笑ってみせた。取り繕う必要もないくらい、なにもかもがばれている。

うっかりと「すみませ」まで口にしてから「あ」と、飲む。ここは、あやまる場面ではない。

はるは、厨に戻って里芋の胡麻よごしをすり鉢から皿にとりわけながら、あらためて金太郎の姿かたちをじっくりと見つめる。

金太郎が、見世棚の皿のひとつにかっと小さな目を開き、

「母《か》っちゃがよぐ作ってけだほろほろだ。なしてこんたどごろに」

と、つぶやいた。

どこの訛りだろうと、はるは首を傾げる。

「あ、すんませんっ。秋田《あきた》から出てきたもんで、たまに言葉が出てしまいます」

「秋田なんですね。わたし、昔に行ったことがありますよ。亡くなったおとっつぁんが薬売りで津々浦々あちこち連れ歩いてもらって、それで。ほろほろっていうのは……この鯵の子とこんにゃくを和えたもののことかしら」

見当づけて、皿を手に取り話を向ける。金太郎がぴかぴかとした笑顔になった。

「それです。それ。鯵なんですか。鱈の子じゃあないのか」

「まだ鱈が卵を抱える時期じゃあないんです。けど、たまに鯵の卵にあたることがある。鱈の子より粒は小さいけど、魚の子の味がします」

「そうですか。鱈の子とこんにゃくを甘からく味つけたもんは、母っちゃがよく作ってくれました。本当の名前がなんかまで知らんのですが、うちでは〝ほろほろ〟って言ってました。炊きたてのご飯の上にぶっかけて食べたらたまらなく美味しくて、それだけで何杯でも飯が食えた」

「ほろほろ……。へぇ。おもしろいし、美味しそうな名前ですね」

言い得て妙だ。魚の卵がほろほろと口のなかでほぐれて、こんにゃくにからみつく食感と味わいをそのまま表している。

「じゃあ、お出ししますね。いまご飯を炊きます。他に食べたい料理がもしあるようでしたら、教えてください。できるかどうかはわからないけど、似たものが作れそうなら、作ります」

「すんませ……」

と言いかけた金太郎は、八兵衛のぎょろっと剝いた目を見て「あ」と口をつぐむ。

「わ、わかってます。こういう弱腰がいけないってのは。だけんど、すぐには直らねぇ」

「ぶつかり稽古のときにまで、すんませんって言ってんじゃねぇのかい。大丈夫か。相手をぶちのめすのが相撲取りなんだ。突き倒し、押し出し、寄り切りで、いちいち、すんませんすんませんじゃぁ、しまらねぇ。もっと威勢よく生きてけよ」

苦い顔をした八兵衛が金太郎の背中をばしっと平手で叩く。

振り下ろされた手を迎えるように、金太郎は身体を八兵衛にわずかに寄せて、背筋をのばす。

小気味いい音がして、八兵衛が笑い、金太郎は「へぇ」と頭を掻いて、再び背中を丸めた。

金太郎は十二歳で親元を離れ江戸に出てきて八年。必死に相撲の稽古《けいこ》をしてきたのだそうだ。

はるは、ほろほろの子和えを小皿に取り分けて、八兵衛と金太郎の前に出す。

「故郷の味と同じかどうかはわかりませんが。ちゃんと、金太郎さんの知ってるほろほろになってるかしら」

金太郎は「ほろほろ」を箸《はし》でつまんで口に入れ、

「ほろほろです」

と、そう言った。

絞りだすような声だった。

「母っちゃの味だ」

金太郎の目にみるみる涙が溢《あふ》れ、滴《しずく》になったそれが、つ、と丸い頬から顎《あご》まで転がり落ちた。金太郎は大きな手で涙と顔をぐしゃっと乱暴に拭《ふ》いて「すんませんっ。本当に同じ味だったから涙が」と鼻声で謝罪する。

八兵衛が、あやまるなと叱りつけようとしたのか口を開き、けれどなにも告げずに「ほらよ」と手拭いを放《ほう》って渡す。母の味につられて泣いてしまった気持ちを、むげに否定はできないのだろう。

「お口にあってよかったです。八兵衛さんはお酒よね。ちょっと待ってくださいね。いま出します」

酒を用意して八兵衛に運ぶ。

稲荷笹寿司に田楽にと、あるものを少しずつ小皿に取りわけて並べると、金太郎は顔をほころばせて、ひとつひとつを味わって食べた。

「他になにか懐かしくて食べたいものがありますか？　教えていただけたら、今日お出しできなくても、そのうち作れるようにしておきますよ」

金太郎は真顔になった。蒸し暑い夏の名残の風が店に吹き込んだ。金太郎の額や首筋に、じわりと汗の玉が浮いている。

「だまこ汁が食べたいです。部屋のちゃんこ鍋はとても美味しくて、いくらでも食べられるけど、いつも、ここにだまこを入れて食べたらもっと旨かろうなって思ってました」

「だまこ汁ってどんなものなのかしら」

それは、はるも知らない料理だった。汁物だということだけは伝わったけれど。

「いろんな野菜のはいったお汁のなかに、すりつぶして丸めた、ご飯を入れるんです」

「きりたんぽとは違うものなの？」

ご飯をすりつぶしてこねたものに、棒を挿して表面をこんがりと焼くと、きりたんぽになる。

餅《もち》のように弾力のある食べ口だが、餅と違って長くのびない。餅ほどには粘りもしない。ご飯の粒を少し残して作るから、汁の旨味がきりたんぽにうまくからんで、ぎゅっと染みこむ。舌触りと味がおもしろくて、美味しい、食べ物だ。

「はぁ。きりたんぽは部屋のちゃんこで食べさせてもらったことがあります。だまことは、形も、舌触りもちょっと違う。きりたんぽは、焼いているんだって聞きました。だまこは、母っちゃが作ってるの見てだどき焼かずにそのまま鍋に入れてました。口んなかでご飯の粒が、もちもちとして膨らんで、ありゃあもううめがっだな」

母の味の記憶を辿《たど》ると、ついお国訛りが出てしまうらしい。それが微笑《ほほえ》ましくて、はるは「うんうん」とうなずきながら聞いていた。

はるは、話を聞きながら、土鍋でご飯を炊きだした。

ふたり連れなら小さめな土鍋で炊くところだが、金太郎はきっと三升くらいは、ぺろりと平らげてくれるだろう。なにせあの身体である。

しゅわしゅわと湯気が立ち、ご飯の炊ける甘い香りがあたりに満ちた。

できあがった土鍋を金太郎の手元に運び、ご飯の蓋《ふた》を目の前で開けると、ぱっと目を丸くして、ほわりと笑った。

「俺は炊きたてのご飯の匂いが世界で一番幸せな匂いだと思ってます。いただきます」

手を合わせ、うっとりとした顔で、ほろほろの、こんにゃく和えを白い飯の上にどっさりと載せて、噛みしめるように食べはじめる。

大きな口で頬張る金太郎を、はるは、にこにこと笑って見ていた。

「気持ちいいくらいたくさん食べてくれるんですね。嬉《うれ》しいです」

はるが言うと、金太郎は困った顔になって箸を止めた。

「……俺は、この図体だからちっちゃいときから大飯《おおめし》喰《ぐ》らいで、親に苦労をかけました。食べても食べても満腹にならなくて、おっ母がしまいに〝おめどご食わせるには蔵がいぐづあっても足りねよ〟って泣き笑いの顔で、あやまってくれたんです。八歳くらいのときだったなあ。そのおっ母を見て、俺は早いとこ食うためだけに家を出ないとならんと覚悟を決めました」

あやまり癖がついたのは、きっとそのときからなのだろう。

口癖には、それまでの生き方が自然と染みついている。

「俺は五人兄弟の末で、上がみんな男だで、外に出るのは決まってた。俺の望みはとにかく腹いっぱい食えることだで。兄ちゃんたちが年に一度の勧進《かんじん》相撲の、子ども相撲に出るようになって、つられて俺も出てみたらするすると勝ったんで、相撲取りになろうって思ったんです。まあ、この身体で、足腰も強かったもんだから。けんど、兄っちゃたぢ倒すのは、つらがったがら手加減した。そしたら兄っちゃたぢがごしゃいだんだ。あ……ごしゃいだってのは怒ったっていう意味で。あんときは気まずかったし、兄ちゃんたちに悪かったなって思って、それで、もっと強い人たちのとこで勝負してこいって兄っちゃたぢも俺の背中押してくれて、江戸に」

訥々《とつとつ》と語る金太郎に、八兵衛が「こいつは、本当に足腰が強くて安定してる。どっしりと低く構えたときの、膝《ひざ》の曲がりが天才なのさ。足の裏がぴたっと地面に張り付いてるみたいになって、ちょっとつついたくらいじゃびくともしねぇんだ。年かさの連中にも負けちゃいねぇのさ。気持ち以外は、な」と、合いの手を入れる。

金太郎は「いや」とはにかんだ顔になった。身体は大きいのに、表情はまだまだあどけない。照れたり、困ったり、笑ったり、そのときどきの気持ちが顔に表れる。

「……すんません。気持ち以外も負けてるから、四股名がつかないんです。なかなか幕下から上がれない」

「負ける理由ははっきりしてる。先輩に本気で挑めねぇから、負けるんだ。親方はそういうおめぇのことしっかり見てなさる。おいらに、おめぇのことを相談してくるくらいなんだ。もうちっと気張ってみせな」

「……はい」

金太郎がしゅんと萎《しお》れた。

「まあ、兄弟子のなかには、手加減してでも負けてくれってておめぇに頼む奴もいるかもしれないが。特に幕下に落ちるかもしれねぇぎりぎりの連中は、一勝一敗のせめぎ合いだからなあ」

金太郎は、答える言葉を見つけられないのか無言であった。

肯定も否定もしないでうつむけば「まわりにそういう兄弟子がいるんだろう」と伝わってしまうとわかっていても、取り繕うこともできない正直さ。

この短いあいだで彼の性格が、見えてきた。

どっしり座ったら家が壊れるかもと気を遣って、そうっと座った。己の身体の大きさで、人に迷惑をかけたことがあったのだろう。八兵衛が背中を叩く気配を察すると、叩かれやすいように相手に寄って、背筋をのばす。そんな気遣いなんて不要なのに。

これは、たしかに勝負の世界で生きていくのは大変そうだと、はるですら思う。

でも、あの座り方ができたのは、足腰が強くて、身体が柔らかいからだ。八兵衛に叩かれやすいようにふるまったのも、相手の身動きをさっと気づいて、咄嗟に動くことのできる能力の高さの表れだ。

「優しいままじゃあ、横綱にはなれねぇよ」

八兵衛がしかつめらしい顔でつぶやき、杯《さかずき》の酒をあおる。

「すんま、……あ」

いたたまれないように、尻を左右に揺らし、謝罪の言葉を呑《の》み込んだ。

金太郎の持つ空になった茶碗《ちゃわん》に手をのばし、はるは、土鍋から、ほかほかと湯気のたったご飯をよそう。一粒として茶碗にこびりついていない。綺麗な食べっぷりである。

茶碗を手渡し「大丈夫ですよ」と、笑いかける。

「金太郎さんは、大丈夫ですよ。あやまり癖をつけたままでもきっとそのうちみんなに勝てるようになりますよ」

どうしてと問う顔をして、金太郎がはるを見た。

「お兄さんたちにわざと負けたときの気まずい思い出が残ってるなら大丈夫です。本気で立ち向かいたい相手の前では、弱気になっても、手を抜けない。そうじゃないと、お兄さんたちに申し訳ないって思うから」

あやまり癖の表と裏を、はるは、よくわかっている。

だって、自分がそうだから。

「申し訳ないっていう気持ちを芯にして、がんばろうと思ったらいいんです。ある日、自分はいま、踏ん張らないとなって、なりますよ。そのときからが勝負です」

金太郎に語りながらも、自分自身に言い聞かせているような気もする。

「金太郎さんは、大きな身体を取り扱うこつをつかんでいるように見えますよ。座るときも、本当にそうっと腰をおろしてくださっていた。なにをするにでもおおざっぱじゃあないんです。わたしは相撲をよく知らないけど、きっと、気持ちのいい手と足の使い方されるんじゃあないですか」

「おお。そうなんだ。わかってるじゃねぇか、はるさん。その通りだ。身体の大きな相撲取りは力まかせで大味のことも多いが、こいつは、技の使い方も上手いんだ」

八兵衛がぴしゃりと己の膝を叩いて、相づちを打つ。

「八兵衛さんのおすみつきですね。金太郎さんは、あやまり癖をそのまま、ばねにしたら、きっと強くなりますよ」

「ばねに」

「金太郎さんは、身体が大きいだけじゃなく、礼儀正しくて、努力家で、優しい。お国訛りをださずに話せるように努力されてきたんでしょう。相撲の稽古は、言葉を直すよりもっとずっと努力しているんでしょう」

金太郎は目を瞬かせ、はるから茶碗を受け取った。

はるは、小皿の上の、ほろほろを、箸でつまんで金太郎のご飯の上にこんもりと載せる。

「その努力が実らないと、もっともっとまわりに申し訳ない気持ちになると思います。だから、弱気なまま、強気にならないと。開き直りましょうよ。がむしゃらに」

「がむしゃらに」

金太郎は、はるの言葉をそのまままくり返し、ご飯みたいに噛みしめている。

食べたものが血肉になるように、胸の奥に落とし込んだ言葉もいつか彼の心の一部になればいい。

「金太郎さんと同じ、あやまり癖を持ってるわたしが言うんだから間違いないです。見てのとおり、この店は、いま閑古鳥《かんこどり》を飼い慣らしていて、お客さんが少ないんです。ここが、踏ん張りどきです。わたしが料理で立て直さないと、つぶれちまうかもしれません。さっきまで、わたし、料理を作りながら、いま金太郎さんに話したようなことを自分に言い聞かせていたんです」

言おうとしていなかったのに、ぽろりと零れた。

はると同じ、あやまり癖を持つ相撲取りは、頬を強《こわ》ばらせて店のなかを見回した。なにを言い返したらいいのか、戸惑って、なにもひねりだせなくて、言葉を探してまわっている。壁や天井に、彼の言うべき言葉が浮いているわけもないのだろうに。

わかりやすすぎる反応に、はるはくすっと笑う。

「大丈夫ですよ。つぶさない。絶対に、つぶしたりしない。だって、八兵衛さんがたくさんお客さん連れてきてくださるに違いないから。ですよね、八兵衛さん」

笑顔で八兵衛に話を向けると「もちろんだぜ。まかせとけっ」と威勢のいい声が返ってきた。八兵衛はにやにやと笑って「はるさんも、言うようになったじゃねぇか」

と杯に口をつける。

「はい。皆さんのおかげです」

「おうよ。おいらのおかげだ。酒ははるさんの奢《おご》りだな」

しれっとして応じる八兵衛に「すみません。店の立て直しの最中だから、勘弁してください」と、慌てて返す。

「言ったはしから、あやまってやがる」

からからと笑う八兵衛に頭を下げ、はるは金太郎に声をかけた。

「だまこ汁、作りますね。待っててください。同じ味になるかどうかは作ってみないとわからないけど。わたしもわたしでがんばるから、金太郎さんもがんばりましょう」

厨に戻って、朝とった出汁に、ごぼうや人参《にんじん》、青菜を入れて汁物を作る。ふくふくと煮込んで、醤油と塩を入れて味を調える。小皿にすくって味見をし、常に取り置いている鶏脂《とりあぶら》をひと垂らし加えた。若い金太郎は、こくがある汁物のほうが気に入るかもしれない。

炊いたご飯をすり鉢に入れ、すりこぎですりあわせ、粒を残した半殺しに仕上げる。手のひらで丸めて、平べったくなるように両手で挟んで柔らかくつぶす。

はるが、だまこ汁を作るあいだ、金太郎は見世棚のおかずを次々とたいらげて、稲荷笹寿司にも手を出した。

八兵衛は悠々と酒を飲み「よく食うなあ」と感心している。

開け放したままの店の戸の向こうで、ぱたぱたと人が走っている。

顔を向けると、暖簾の下の路面の色が見る間に黒く変わっていく。

雨が降りだしたのだ。

草木や土の濡《ぬ》れた香りが店のなかに流れ込む。

雨音に紛れて、たたたたと、小さな足音が近づいて、勝手口から天秤棒を担いだ、ぼてふりの子ども——熊吉が飛び込んでくる。

「はる姉ちゃん、雨だよ。雨。……わぁ。でっけぇ」

天秤棒を床に置くのも忘れ、熊吉は金太郎をまん丸の目で見つめた。

熊吉の芥子《けし》坊主の髪のてっぺんが、雨に濡れてぺたりと頭に張り付いている。

「相撲取りかい。相撲取りだよな。すげぇな。でっかい。店の半分くらいある」

はしゃいだ声をあげる熊吉に、はると金太郎が同じに「半分はないよ」と返した。

ふたりの重なった声がおもしろかったのか、八兵衛と熊吉が大声で笑った。

「熊ちゃん、浅蜊は全部売れたの？」

「売れたよ。もちろんさ。稲荷笹寿司も売ってやるから安心しなよ。雨降りのほうが弁当はよく売れる。みんな外に出たくないからな。そのぶん店は空いちまうとしても——今日なら、それでちょうどいい。相撲取りがいるんだから、客がたくさん来たら、外にはみ出して飯を食うことになっちまう」

だって店の半分くらいでかい相撲取りがいるんだもんなあと、熊吉が言う。

「だから半分まで大きくはないわよ」

と、言っているまに、だまこ汁が煮えた。人参やごぼうと一緒に、白くて丸い、だまこがゆるゆると右に左にと踊っている。美味しい匂いがふわりと漂い、熊吉がくんっと鼻をひくつかせた。

「はい。だまこ汁のできあがり。今日はまだまだ暑いけど、暑いときに熱いものをいただくってのも、いいもんですよね。汗を出すことで、悪いものが身体の外に出ていくんです」

金太郎さんの故郷の味になっていたらいいけれど。

大きめの椀《わん》によそったのを「熊ちゃん、手伝って。大きな相撲取りのお兄ちゃんのとこに持っていって。熱いから気をつけてね」と頼むと、熊吉は「おうよ」と答えて運んでいく。

こぼさないように両手で椀を抱え、ゆっくりと金太郎の前に置く。

「いただきます」

箸を手にして金太郎は、だまこ汁に口をつける。

固唾《かたず》を飲んで見守れば「……旨い」と、金太郎が笑顔になった。だまこを箸でつまんで、つるりと頬張る。

八兵衛にも運んでいくと、八兵衛は「熊吉、おめぇ、だまこ汁を味見してきな。おいらの奢りだ。今日のおいらの懐《ふところ》はぬっくぬくにあったかいからな。好きなだけ食べな」と、熊吉に椀を差しだした。

「うんっ。ありがとう」

熊吉は八兵衛の隣に床几を広げ、ちょこんと座る。

「表面はつるっとしてて、だけど嚙んだらもちっとしてる。これは、もちもちだまこ汁だ。お汁も、すっごく美味しいよ。はる姉ちゃん、また変わったもんを作りだしたんだな。えらいよなあ、はる姉ちゃんはさあ。毎日、いろんなことに工夫して。店を盛り上げようとがんばってる」

ひとくち食べて講釈を垂れる熊吉に、八兵衛がぷっと噴いた。

「なんだよっ」

むくれる熊吉に八兵衛が「いや、いっぱしの口を利いてやがんなあって感心してよ。おまけに、献立に名前つけるとこが、どこぞの彦三郎にちっと似てたのが、つぼにはまって」と酒を飲む。大人ぶりたい年頃の熊吉は「彦三郎になんて似てたまるかよ」と、口を尖《とが》らせ横を向く。

と――。

唐桟《とうざん》の縞の着物をしっくりと着こなした店主の治兵衛が勝手口から入ってきた。

いつもは表から、暖簾をくぐってくるのに、裏から入ってきたので、はるは「治兵衛さん、おはようさんです」と首を傾げる。持っていた傘を閉じると、戸口で、とんとんと雨の滴をふるい落とした。

治兵衛は初老の身で、銀杏髷《いちょうまげ》はすっかり白いが、背筋はぴんとまっすぐで、かくしゃくとした元気者だ。

「店の前に立ったら、ずいぶん賑やかだったから、朝からえらい混みようだと思ってね。仮にも店主だ。表から入るんじゃあなく、裏からこっそり潜り込むかと、こっちから入ってきたんだ。しかし、今日のお客さまは、相撲取りかい」

と、はるに近づいてこそこそと耳元でささやいた。

「はい。八兵衛さんが連れてきてくださいました。金太郎さんとおっしゃいます」

早口で返すと、治兵衛は小さくうなずいた。

「いらっしゃいませ。いやあ、いい身体つきですなあ。あたしは相撲が大好きで」

治兵衛が、治兵衛にしては精いっぱいの笑顔で金太郎に愛想を振りまいた。相撲取りは、男たちみんなの気持ちを奮い立たせるものらしい。治兵衛までもが笑顔になった。

「おう。こいつはまだ四股名はねぇ、部屋住みだ。親方に、元気つけるようなものを食べさせてやってくれって、言付けられて来たってわけだ。こいつの実家の味をはるさんに作ってもらってんだ。鯵の子とこんにゃくの、ほろほろとかいうのと、それから、このだまこ汁。だまこ汁はなかなか、いけるぜ」

「親方に」

「はい」

「そいつは……期待されてるんだねえ」

治兵衛は一瞬だけ切なそうな顔をした。どうしてそんな寂しい声を、と、はるは怪訝に思ったが、金太郎は照れ笑いを浮かべ、小さく頭を下げている。

「たんとお食べなさいな。なんでも言ってくれればいい。どんなものでも、うちのはるさんが作ってくれる」

「え。作れないものもあるかもしれません……」

「作ってみせるって言い張りなさいよ」

治兵衛にぴしりと言われ、はるは「すみません……」とうなだれた。つい、あやまり癖を出してしまったはるに、金太郎が、くすりと笑う。

だまこ汁を食べ終えた熊吉が、天秤棒の桶に稲荷笹寿司を載せて、雨よけに蓑《みの》をかぶせ、笠《かさ》に合羽《カッパ》を着込んで外に出る。

「雨がもっと強くなる前に近所でぱあっと売ってくらあ」

と、強気で出て行く熊吉を、いい加減酔っ払った八兵衛が盛大に見送った。

その後は——鰺のたたきやお造りも出し、金太郎を中心に、どの関取が贔屓だとか、自分の見た名勝負についてだとかを、男たちが喧々囂々《けんけんごうごう》と語りだす。

金太郎は下戸《げこ》らしく、薦められても酒は飲まなかった。

「せっかくだから七夕の短冊に願いを書いていきなさい。ほらほら」

と、治兵衛は、みちが置いていった短冊を金太郎に渡して、墨をすった。八兵衛も
「それがいい。おいらも願いを書かせてもらうぜ」と手を叩く。

しばらく考え込んでから金太郎は『横綱になります』と短冊に書いた。しっかりとした太くて濃い色の文字だった。ぐっと奥歯をかみ締めて、覚悟を決めた目で筆を置く。

「その意気だ。そうじゃなくちゃ、これからやっていけないよ。つらいことがあっても、がんばりなさいよ」

治兵衛と八兵衛が金太郎の背中をぱしっと平手で打った。男ふたりの平手を受けても金太郎の身体はびくともしない。

治兵衛は終始、にこやかで「今日は、とにかく、お腹いっぱいお食べなさい。身体

が資本だ」と何度も何度も、金太郎に言って聞かせていた。金太郎がそれにいちいち「はい」とうなずく。ひとつうなずく度に、金太郎の顎から頬のあたりがぎゅっと強く固くなり、顔つきから迷いのようなものが剝げ落ちていった。

そうして——。

店のものをすべて食べ尽くし、金太郎が「美味しかったです」と頭を下げて、八兵衛に連れられて店を出ていった。

出ていく彼らを見送ってから、治兵衛は、竹笹に吊された金太郎の短冊を指で優しく撫《な》でる。

「はるさん」

「はい」

「金太郎さんが次に、ひとりで来たら、なにも言わずに、だまこ汁を出してやんな。お代は、あたしが払うから」

「……はい」

どうしてそこまでと、はるは思う。そんなに相撲取りは特別なのか。

怪訝な顔をしたのかもしれない。治兵衛は、いたたまれない顔になり、目を伏せた。

「稽古を休ませて、外に連れ出してもらって、故郷の味なんて……。そんな特別扱いをしてしまったら、兄弟子たちには嫉妬《しっと》の嵐《あらし》だろう。きつい稽古と、かわいがりが、これから続くに違いないよ。それをするんだったら、よっぽどだ。親方は、見切りをつける頃合いか、それでもまだしがみついて本気になれるか考えないといけないってことを、金太郎さんに言い聞かせて出したんだ」

「え」

思いつきもしなかったことを言われ、はるは動きを止めて固まった。

「金太郎さんは、そんなすべてを呑み込んで、うちに来た。八も、そうだ。わかってて連れてきたんだ。金太郎さんはね、おそらく、今日で相撲取りを辞めるか、それとも続けるか、その瀬戸際だったのさ」

そして——続けることに決めたんだ。

治兵衛は、金太郎の書いた短冊から手を離した。

「つぶれないでいられるかどうかは本人の器量だ。越えられなきゃ、用なしで、放りだされて故郷に戻される。はるさんのご飯の味を支えに、あの子はこれから血の滲むような努力をして、相撲を取る」

立派な関取になれるといいねぇ。

横綱にまではなれずとも、大関くらいにはなれるかねえ。

祈る顔をして治兵衛がつぶやいた。

「はるさんは、そういう人のための料理を作ってくれって、頼まれるようになったんだねえ」

「そんな……。どうしよう。わたしそんなことひとつも思いつかなかった」

世間知らずなことはわかっているつもりでも——思っている以上に、自分は物知らずだ。

「気づいていても、気づいてなくても、あんたの作る料理の味は同じだったろう。かまわないよ。あんたのできる精いっぱいを食わせて、帰したんだ。次に金太郎さんが来るときに、あの人がいい顔をしてても、泣き顔になってても、今日と同じ、だまこ汁を出してやんなさい」

手は、抜いていない。精いっぱいのものを、作った。

「はい」

それだけは胸を張って応じると、治兵衛が労《いたわ》る顔ではるを見た。金太郎を気遣って声をかけたときと同じ、切ない顔だった。自分もまた、治兵衛にこんな顔で心配をされる立場で、瀬戸際なのだ。

「荷が重いかい」

「いえ」と首を振ってから「はい」と言う。

「わたしの料理でいいのなら、嬉しいだけで、荷が重いなんて思いません。本当にわたしでよかったのかと不安にはなるけれど」

「そうかい。だったら、ちゃんと背負って運びな」

「はい」

それだけで、はるの気持ちは伝わったようである。治兵衛は手のひらでつるりと顔を撫で、

「今日はもう、お客さんは来そうにないね。全部、金太郎さんと八っつぁんに食べ尽くされた。さて、あたしは笹本さまに弁当を運ばなくてはならないよ」

と明るく告げた。


夜になっても雨はまだ、やまない。

ひとり残ったはるは、早々に店じまいをして暖簾と行灯《あんどん》看板を取り込もうと、外に出た。

見あげると、厚い雲が空を覆って、真っ暗だ。

それでもあの雨雲の向こうには、輝く星空があることを、はるは知っている。満天の星を夜の彼方《かなた》に透かし見る。目に見えなくても、いつだって、星はそこで光っている。

戸を閉めて、店に戻る。

店の真ん中に飾った竹笹に、金太郎と八兵衛の書いた短冊が揺れている。

八兵衛はなにを書いたのだろうとよく見れば『金太郎が横綱になれますように』と、自分ではなく他人のための願い事だ。八兵衛の心根の優しさが垣間《かいま》見《み》え、はるは小さく微笑んだ。

自分はなにを願おうか。願うべきことはたくさんある。

金太郎が横綱になりますように。熊吉が元気に育っていけますように。みちが幸せになれますように。

やるべきこともたくさんある。

店に客が戻ってきますように。兄に会えますように。

そのふたつを願うと、小さな火に似たものが、はるの胸にちりちりと灯《とも》る。

それから——彦三郎さんの絵の仕事がうまくいきますように。

「明日は、熊ちゃんにも短冊を書いてもらおう。おみっちゃんにも」

お客さんたちみんなの願い事をぶら下げて、明後日の七夕には、屋根に竹笹を掲げよう。

江戸じゅうの屋根や物干し台の上で七夕飾りが笹の葉と短冊を揺らす光景を思い描き、はるは、帯のあいだに挟んだ札入れをそっと押さえる。そこには、彦三郎が描いてくれた兄の似姿が入っている。

「索餅も作ってみようかしら。弁当につけて〝縁起物ですよ〟って売ってもらってもいいかもしれない」

手に持っている行灯の火が、細く、のびあがる。

ふ、と息を吹き込んで火を消すと、薄い闇《やみ》が店のなかを静かに染めていった。

「明後日の七夕は晴れますように」

つぶやいて目を閉じたはるのまぶたの裏側で、小さな願い星が瞬いた。

第二章　菊見の酒と秘めた想いの桜飯

長月《ながつき》である。

以前ほどにはまだ盛り返してはいなかったが、八兵衛が引き連れてきてくれる客が、二度、三度と顔を出してくれるようになった。

とはいえまだまだ、はるが目指している目標にはほど遠い。

江戸っこの食事は一日に二回。朝と晩が普通だが、食べる時間は仕事によってばらばらだ。

できれば朝一で、男たちが立ち寄って、朝飯を食べていくような店になりたい。そして朝の客が途絶えた頃《ころ》に、昼の客が遅れた朝飯を食べ、酒を飲みながら長《なが》っ尻《ちり》で留《とど》まる馴染《なじ》みの客と、新参の客たちで賑《にぎ》わってから、夕飯の時間になってさらにもうひとまわり、酒とご飯を食べてもらえるのが理想だ。

そこまでいったら繁盛店だ。

――大きな夢よね。

けれど夢くらいは大きく見てやろうと、開き直る最近のはるである。

はるは、日の出とともに起き『なずな』の二階の窓をからりと開ける。裏地をつけた袷《あわせ》の着物の袖《そで》や胸元から、冷たい風がひゅっと入り込む。遠く、大川の土手のすすきが黄色の穂を揺らしている。底に金色を遺《のこ》した薄い水色が空を冷やすように広がっていった。

「今日も弁当の注文をいただいている。まずはそっちから料理していって……見世棚《みせだな》におかずも並べて」

やるべきことを口のなかで確認しながら、店につながる階段を降りていく。

ありがたいことに、相変わらず弁当だけは調子がいい。みちと熊吉のがんばりと、提重《さげじゅう》弁当の評判のおかげだ。弁当が美味《おい》しいからと、店に足を運んでくれる客も出はじめた。物事は、うまくいくときも、下り調子のときも、はずみがつけばとんとんと流れていくものと聞いている。ここからすべてが良い方向に流れていけばいいのだけれど。

「うまくいっていると感じるときこそ、ちゃんと足下を見つめて、丁寧な仕事をしないとならないわ」

はるは帯に挟んだ札入れをそっと指で押さえる。

「弁当は弁当として……そろそろあたたかいものが恋しくなってくる季節よね。あたたかくて、しかも、うちでしかだせないような、そんな味をひとつ作りたいわ」

秋といったら、秋刀魚《さんま》だが、はたしてぼてふりが秋刀魚を持ってきてくれるかはわからない。

「鯵《あじ》の卵で作った〝ほろほろの子和《あ》えこんにゃく〟を、鯵じゃなく鱈《たら》の子で作るのも、いいわよね。あれはみんなに評判がいいし、金太郎さんが次にきてくださるときには、鱈の子のほろほろを食べていただきたい」

八兵衛から聞いたところ、金太郎は、兄弟子たちを打ち破り、怒濤《どとう》の快進撃を続けているらしい。この勢いなら幕下からあがれそうで、次に『なずな』に来るときはいい報告ができそうだと八兵衛が満面に笑みを浮かべていた。

——はるさんのおかげだ、なんて、おだててもらえて。

はるは、なにもしていない。

金太郎が前に進めたのは、彼自身の努力と実力ゆえだ。

それでも自分の料理が少しは役に立ったと言ってもらえて嬉《うれ》しかった。褒め言葉や感謝の言葉のひとつひとつを支えにして、今日もはるは『なずな』の厨《くりや》に立つ。

なにを作ろうかと考えながら、みちから野菜を、熊吉から浅蜊《あさり》を買い上げた後に、いつもの魚のぼてふりの呼び声がした。長屋に寄ってくれるぼてふりの庄助《しょうすけ》は、稲荷《いなり》笹寿司《ささずし》弁当をたまに買ってくれる、客のひとりでもある。

はるが勝手口を開けて「庄助さん」と声をかけると、天秤棒《てんびんぼう》を担いだぼてふりの庄助が、

「おぅよ」

と、振り返った。

冷たい風と一緒に庄助の声が『なずな』にひゅっと吹き込んだ。

「なにがあるの」

「なんでもあらぁって言いたいところだが、あるもんしか、ねぇな。見てくれればわかるだろう。今日は、鰯《いわし》がいい」

ぴかぴかの白い目に、鱗《うろこ》が光った鰯が桶《おけ》に載っている。量が少ないのは、すでにあちこち売り歩いた帰りなのだろう。『なずな』だけでは、大量の魚はさばけないから、事前によそをまわってから帰り道に寄ったのだ。

この鰯は、いってしまえば残り物。かけあえば、安くしてくれるかもしれない。と

っと荷を空にして、家に帰りたいはずだから。

これだけ活《い》きがいいのなら刺身にしてもよさそうだ。梅煮やつみれ汁にしてもいい。

「鰯もいいけど、実は鱈が欲しいの。でも鱈はまだないですよね」

「鱈は冬にならねぇと」

庄助は困り顔で頭を掻《か》いた。

「鱈の子が欲しいのよ。鱈じゃなくても、子持ちの魚があったら、いっとうさきにうちに来てくれると嬉しいわ。魚卵をたんと使った料理を作りたいの」

「子持ちかい。魚卵だけっていうなら、持ってくるのもいいんだが、いっそ市場に買い付けに出てみりゃあ……いや、ここはあんたが料理人か。娘っこひとりで魚の競りは厳しいか」

後ろの言葉は、はるに聞かせたいわけでもないのだろう独白だ。

行かず後家の独り身は、いつまでたっても「娘っこ」扱いだ。

――わたしも自分で競りに出て買い付けられるようになったほうがいいのかしら。

何度か朝の市場に足を運んだことは、ある。はじめて市場にいったときは、飛び交う罵声《ばせい》に目が丸くなった。売り買いをしているのではなく、喧嘩《けんか》をしているのかと足がすくんだ。

──あのとき隣にいてくれたのは、彦三郎さんだったっけ。

「治兵衛の旦那《だんな》に頼むにしても、あのお人は魚を見る目はねぇもんな」

ぼそっと零《こぼ》れた言葉に、庄助が「あ」と口を押さえて苦笑した。

「よく考えたら、あんたが競りにいっちまったら、俺《おれ》のお得意さんがひとり減るじゃあねぇか。いまのは、なしだよ。なし」

「……はい。わたしも、うちの稲荷笹寿司をいつも買ってくださる庄助さんから、魚を買うことにします」

くすっと笑って言い返すと「言うようになったじゃあねぇか。仕方ねぇな。今日も笹寿司を三個もらうよ」と天秤棒を地面に置く。

笹寿司を三個抱えて差しだす。

「考えてみりゃあ、あんたはよくやってるよ。もうじき、あんたが来て一年になるじゃあねぇか。最初はどうなるもんかとはらはらして見てたけどよ、どうにかなったな。あやまってばかりで、自信のなさそうだったあんたが、そこそこ、言い返すようになったもんなあ。……俺んとこみたいなぼてふりでも、いろんなことに左右されて浮いたり沈んだりだ。いいときもありゃあ悪いときもある。がんばってきたもんだなあ、あんた」

庄助がしんみりと、はるの手を見て笹寿司を受け取った。

あかぎれだらけの手をまじまじと見られ、はるはそっと手を後ろに隠す。

「がんばらせて、もらったんです。庄助さんにも後押ししていただけて、なんとかかんとか」

ぺこりと頭を下げると「俺は魚を売ってるだけだぜ」と庄助が笑っている。

「そういや、最近、弁当が売れて景気がよさそうじゃねぇか。そうすると、冬なら、塩鮭《しおじゃけ》っていう手もあるぜ」

「はい」

塩をたくさん利かせた鮭《さけ》を焼いて、握り飯にしてもいいし、弁当に入れてもいい。少し塩を抜いてから鍋《なべ》にするのもまた美味しい。

「塩鮭は時期になったら、どうにかして手に入れてきてやらぁ。とりあえず今日のところは鰯と、蛸《たこ》もあるぜ。でかい蛸だ。蛸はこれっきゃないから、早い者勝ちだ」

威勢よくそう言われ、はるは目を細めて庄助を軽く睨《にら》む。

「早い者勝ちですか。本当ですか」

「いや……まあ、売れ残りなんだけどよ。そこはもう、ばれてるか。そのへん先にまわってきてから、ここに来たんだ。よその帰りに寄って、悪かったな。なんか、まあ……仕方ねぇな。ちっとは負けてやらぁ」

「いえいえ。うちは、いま、そんなにたくさん魚を仕入れられる感じじゃあないから……。売れるところで、ぱっぱと売ってきたほうがいいに決まってます。わたしが庄助さんだって、そうしますよ」

「本当に、あんた、言い返せるようになったなあ」

そうかしらと首を傾《かし》げ、はるはつい「ありがとうございます。少しは成長しているってことですよね。それもみんなのおかげです」と頭を下げた。

「なにがどうありがたいんだかわかんねぇけど」

庄助が、天秤棒の片側の蓋《ふた》つきの桶の、蓋を開けた。

なかに、大きな蛸が、下処理をすませて長い金串《かなぐし》を頭に刺されて吊《つる》されていた。

「蛸を買うなら、鰯もおまけするぜ」

庄助の言葉に、はるは前のめりになる。

「本当ですか。嬉しい。じゃあ蛸をいただくわ。鰯もつけてちょうだいよね」

弾んだ声でそう言うと、庄助が「おうよ」と威勢のいい返事をした。

さて、どうやって蛸を食べてもらおうか。

流し場の上に据えられた棚に真蛸をぶら下げて、たすき掛けをして腕を組む。料理のことを考えると、はるは、ふんわりと柔らかくあたたかい気持ちになっていく。料理が好きだ。美味しいものを作って、人に食べてもらうのが大好きだ。それを毎日、感じながら板場に立っている。

「桜飯なんてどうかしら」

桜飯とは、薄切りにした蛸を炊き込んだご飯のことだ。

店によっては炊き上がる直前の飯に薄切り蛸を混ぜて作ると聞いたことがある。けれど、はるの父は、最初から白米と一緒に、ひとり用の土鍋で混ぜあわせて炊き込んでいた。そちらのほうが蛸の旨味《うまみ》を米がぎゅうっと吸い込んで、美味しくできあがる。

「でも、そうすると、鍋の蓋を開けた瞬間の見映えがいまひとつよね」

蓋を開けた瞬間の湯気や香りもごちそうのひとつだ。

だったら、薄切りにした蛸を、別にいくつか取り分けて、ご飯がむらしに入る直前に上に散らしてみたらどうだろう。

米が煮られて表面が揺れ動くと、せっかくの「桜の花びらの形」の見た目が崩れてしまう。ずっと鍋を見張って「ここぞ」というときに鍋の蓋の開閉をし、蛸の薄切りをそっと置けば薄切り蛸は花びらの形を保つはずだ。

「それだったら、きっと美味しいし、見映えもいい」

ぽんと手を打って、はるは蛸の調理をはじめる。

「秋になるにつれて真蛸はどんどん美味しくなっていく。文月《ふみづき》、葉月《はづき》、長月と桜飯をうちの看板にしたいわね」

いままではるは、冬に〝こってり納豆汁〟という刻んだ鶏《とり》の肉をくわえた独自の納豆汁、春には〝稲荷笹寿司〟という甘じょっぱく炊いた油揚げと酢飯を笹の葉で包《くる》んで作った押し寿司、さらに夏には〝ふんわり灯心田楽〟と名付けた鶏の肉と豆腐をこねて串に刺して田楽味噌《みそ》をつけて焼いた新しい串ものを作り上げた。

はるの作った料理は、どこか、ひと味変わっている。

他の店では食べられない味なぶん、好き嫌いが分かれることも多い。客にそっぽを向かれ、献立から消えた料理もいくつかある。

けれど、納豆汁に稲荷笹寿司、灯心田楽のその三品はどれもそれぞれ好評で、特に納豆汁と笹寿司は、評判を聞きつけて他の店でも同じ名前をつけたものを真似《まね》して売りだした。しかし〝ふんわり灯心田楽〟だけは、よそではまだなかなか『なずな』ほどの味にいきつかず、真似ている店はあっても「食えない味だった」「まずかった」

という知らせだけが、はるの耳に届く。

一膳飯屋《いちぜんめしや》で鶏の肉をまめに仕入れる店は少ない。日頃扱わないものゆえに、豆腐と鶏を案配よくこねあげて、ふわっとした舌触りにいきつくのが難しいのだろう。

そうこうしているうちに、一膳飯屋で〝ふんわり灯心田楽もどき〟を出そうとする店は、なくなった。「はるさんだけが残った。この〝ふんわり灯心田楽〟は、つまり本家の味ってことだね」と、笑って言ってくれたのは――常連客の、三味線《しゃみせん》弾《ひ》きの加代である。

馴染みの客たちは「そこらへんの店に盗まれなくてよかったじゃねぇか」「さすがに三品もよそに真似されたら、たまらねぇだろう。なんでも〝自分みたいなもんの料理を真似してくれるなんて、ありがたい〟で片付けるはるさんでもさあ」とはるに言ったが、はるは、曖昧《あいまい》に微笑《ほほえ》んで流している。

なぜなら、はるの心中は、また別だったので。

真似をされた献立があり――真似をされたが定着しなかった献立がある。

両方を経験してみて、新しい献立が定着しなかったことに、はるは思いがけず落胆したのであった。

真似されることのできない味を作ったのだと思うと嬉しいけれど、同時に、真似されるほどのものではなかったのかもと寂しく感じた。どうしたって食べたいし、食べさせたいと思うなら、料理人たちは、何度でも『なずな』の灯心田楽を買いつけて、同じ味か、それ以上の案配を見つけて売りだすだろう。

流行に至らなかったということは「そこまでのものではなかった」ということではなかろうか。

——こんなの、ずいぶん図に乗った考えだってわかってるのよ。

「桜飯は……どっちになるのかしら」

不安はあるが、楽しみでもある。ふつふつと湯が沸騰するように、はるの気持ちも高揚している。

自分のなかには、不思議な形の野心があると、はるは思う。

ひと言で片付けてしまうと単純に『なずな』をつぶしたくないというそれだけだ。でも、その先にはもっと大きな夢がある。

たくさんの客に美味しいものを食べてもらい、味でこの店を有名にしたいという分不相応の大望の内側には、はるのいままで生きてきたさまざまな日々が詰まっている。

幼い日に母を亡くし、父が男手ひとつで、はると、ひとつ年上の兄の寅吉を食べさせてくれたかつての記憶。薬売りだった父は、まだよちよち歩きのはるを前に抱え、兄の寅吉の腰につないだ紐《ひも》を自分の腰にも巻いてはぐれないように気を配り、大きな薬屋行李《ごうり》を背負って険しい山道や海沿いの崖《がけ》を歩いてまわった。

ごうごうという風の音を聞きながらのぼった山の道。父の足下まで高くしぶきをあげる荒い波に怯《おび》えた海沿いの道。どんな道を歩いているときでも、はるが不安になって父を見ると、父は笑顔ではるを見返した。

昔のはるは身体《からだ》が弱くて、父は大層、はるのことを心配し、滋養のある美味しいものを作ってはるに食べさせてくれた。納豆汁に鶏肉を入れたものを食べさせてくれたのは、父だ。美味しいものに目がなかった父は料理が好きで、どんなときでも、はると寅吉をひもじい気持ちにさせることがないように心がけてくれていた。

はるが十二歳のときに、父の急死で、そんな幸せな日々が終わりを告げた。

——もし、わたしが覚えてる、おとっつぁんの作ってくれたちょっと珍しい料理が江戸で評判になったなら。

兄の寅吉が、懐かしい味を口にしたくて『なずな』に来てくれるのではなかろうか。

「なんていうのは、夢のような話よね。わかってる」

はるの唇からふと言葉が零れる。

けれど、なんの取り柄もないはるが、ここで包丁を握って暮らしていることそのものが「夢みたいな」話なのだ。

だったらもう少しだけ、この夢を見させてくれないかとはるは思ってしまったのだ。兄の耳に届くような評判の料理を作りたい。そしてその料理が流行《はや》るといい。よその店でもみんながはるの少し変わった料理を口にして「だけど本物は花川戸の『なず な』っていう店だって聞いてるぜ」と目配せして噂《うわさ》をしてくれればどんなに嬉しいことか。

静かな闘志のようなものを胸の奥に滲《にじ》ませ、はるは、蛸の足を薄く削《そ》いでいった。

蛸の薄切りを、研いで水を吸わせた米のなかにざっくりと混ぜる。しゃもじで底からひっくり返すと、桜の形の蛸が米のあいだでくるりと躍った。

「桜飯だけじゃなく、やっぱり桜煎《さくらいり》も作ったほうがいいかしら」

桜煎は、桜飯同様に小口切りにした蛸を醬油《しょうゆ》と酒とで煮たものだ。

蛸があまりそうなら、ちゃちゃっと桜煎を作ることにしよう。火が入る煮物だから時間が経《た》ったほうが味が馴染んで美味しくなる。

明日の見世棚に桜煎が並ぶかどうかは、今日の結果次第だ。

「江戸のみんなは蛸が好きだから、うちに桜飯があるってわかってもらわないとならないわ」

首を傾げて、考え込む。

いくらはるががんばって美味しい料理を作っても、いまの状況では、評判が広まるはずがないのだった。もっと新しいお客さんを呼び込まなくては。振りの客がふらりと入って、美味しいと、二度、三度と足を運んでくれるくらいにならないと。

「まず、お店に入ってもらわないと、なにひとつ伝わらない」

道行く人の目を惹《ひ》きつけるために、蛸を店の表にぶら下げておく店があると聞いている。それを教えてくれたのは、たしか戯作者《げさくしゃ》の冬水先生とその妻のしげだった。冬水先生は蛸に目がなくて、蛸が店の外に吊されているのを見かけると、ふらふらと引き寄せられてしまうのだというのを、おもしろおかしく話してくれた。

蛸の料理の注文がはいると、外の蛸を店に運んで少しずつ削いでいって食べさせるらしいのだ。

「でも、日向《ひなた》に蛸をさらすのは怖いわね。それに、少しずつ乾いていくのが店の前に吊されていても、美味しそうだと思えない。あっというまに売れて、食べ尽くして、なくなるんならまだしも」

自分の弱気が滲みでるような、小さな声がふと零れる。

「こんなときに」

――彦三郎さんがいてくれたら。

誰《だれ》もいないからこそ、言葉が漏れた。

なにかと『なずな』を手伝ってくれていた三十路《みそじ》の絵師――彦三郎が、いま、ここにいてくれたら。

「……立派な蛸の絵をさらさらと描《か》いて、店の表に貼《は》ってきてくれたでしょうね」

零れた言葉の頼りなさに、手のひらで頰《ほお》をぱちんと軽く挟んで叩《たた》いた。我が身に活を入れて、しゃっきりしないと、やっていられない。

「彦三郎さんは、今日も絵の仕事をがんばっているんだわ。わたしもがんばらないと」

彼の絵仕事が忙しくなって『なずな』に顔を出さなくなったのはいいことだと、はるは思う。雇われたわけでもないのに「俺は『なずな』の専属絵師だから」なんて言ってのけ、ずっと店に居座っていたいままでがおかしかったのだ。

「おはようさん。……って、なに百面相してんだい。あんた」

ふらりと勝手口から入ってきたのは、治兵衛であった。手にしているのは江戸っこの気を惹くような出来事を綴《つづ》っている、一枚刷りの瓦版《かわらばん》である。

ここのところ治兵衛は表からではなく、勝手口を使うようになった。治兵衛いわく

「専属絵師だと言い張っていたが、それでも彦三郎は客だったから、一緒に来るときは表から入ってたんだ。それに以前のあたしは、やっぱりね、どこかでこの店の主であることにきっちりと折り合いをつけてなかったからねえ。はるさんが本気でやるっていうのが伝わった以上、あたしもきちんと店主として過ごしていかないと」とのことだ。

それ以前からすでに厳しい治兵衛が、やる気になったいま、どれくらいしごかれるのか。

戦々恐々でもあり、同時にひどく楽しみでもある。

不思議なことに「江戸に勝とう」と性根を据えたときから、苦しいことも、つらいことも、すべてがどこかで楽しさにつながっている。

治兵衛が商うということの喜びを、はるに伝えてくれたおかげだ。

売上を上げるための料理の工夫が、ひりひりとしながらも、やけに、おもしろい。以前なら、くよくよとするだけだった「のび悩んでいる」というそのことにも、やりがいを感じ、嬉しいのである。

「治兵衛さん、おはようございます。蛸を桜飯にしようと思って、それで……蛸の顔真似をしてました」

いくらなんでもな言い訳であった。

が、治兵衛は「そうかい」とうなずいた。

「はるさんは、料理をこさえるときに、笑ったり、難しい顔をしたりする癖がある。蛸の顔真似もするときゃあするんだろうね」

笑うでもなく、怪訝《けげん》な顔をするでもなく、納得されてしまい困惑する。

「わたし、笑ったり、難しい顔しているんですか」

「してるよ。自覚はないのかい。よくぞまあ毎日毎日、福笑いみたいになって、料理が作れるもんだと感心していたさ。たまに、あたしみたいな険しいしわを眉間《みけん》に作ってるときもある。そういうときは、注意をしようかしまいかって迷うんだ」

思わずはるは眉間を指でおさえた。治兵衛が真面目《まじめ》な顔で続ける。

「いつか言おうと思ってたんだ。あんたには、あたしみたいなしわは、まだ早い。眉間やら鼻の上やらにくっきりしわを刻まないように気をつけるといい」

「わたしの低い鼻に、そんなしわが入る隙間《すきま》があるかしら」

と返しながらも、眉《まゆ》のあいだが気になって、はるは必死に指でそのあたりの肌を引きのばす。その様子が可笑《おか》しかったのか、治兵衛がくくっと笑い声をあげた。つられて、はるも笑顔になる。

「いまは、蛸の真似をしていたってことでいいけどさ、しわを作ってるときのあんたはどういうことを考えているのか気になるね。店のことなら、あたしも一緒に考えなきゃならないんだ。料理の善《よ》し悪《あ》しはあたしにはさっぱりだけど、他のことなら、ちゃんとお言いよ」

「はい」

はるは素直にうなずいて「まず、桜飯の味見をお願いします。炊きますね」と、ひとり用の土鍋に米と薄切り蛸を仕込んで火にかける。

治兵衛が床几《しょうぎ》にゆっくりと腰をおろす。

瓦版を遠ざけて目を細めて「ふうん」と首を傾げ、つぶやいた。

「明日は大食い大会があるらしい。柳橋《やなぎばし》だ」

柳橋は、大川沿いにある花街だ。粋《いき》な芸妓《げいぎ》がいる奥座敷で、文化人が通いつめているると聞いている。

「大食い大会ってなんですか」

「老舗《しにせ》の料亭をはじめ、大店《おおだな》が、景気づけと宣伝で、胃袋自慢を集めて、たんとものを食べさせるっていう催しものだ。まあ、結局は、お祭りさ。普通じゃあない量のものをつるつるっと食べていくのをみんなで眺めて、やんややんやとはやし立てる。昔、名のある料亭が開催してから、あちこちでみんなが真似をして、菓子部門に、酒部門に、蕎麦《そば》部門に、飯部門……っていろいろと競わせているんだよ。大きなものだと何百人と集まるから、いい宣伝になる」

「宣伝に……」

「ああ。いちばん大きな大会はなんといっても新春の日本橋《にほんばし》で、お運びをするのは小町と謳《うた》われる娘たちだから、華やかなもんなんだ。明日の柳橋の大食い大会も、日本橋の呉服屋の『葛西屋《かさいや》』さんの開催で、名だたる料亭に料理を頼んで、お運びは、売り出し中の芸妓がするみたいだね。こりゃあ、文人が沸き立って見にいくに違いないよ」

ここで料理が出せたらいい宣伝になるんだが、なんせ金がかかるし、うちではできそうもないから参考にはならないけどねぇ。

治兵衛が瓦版を小上がりに置いた。

宣伝、か。

はるは竈《かまど》の火加減を見ながら、口を開く。

「……ちょうどさっき、料理以外のことを考えていたんです。桜飯が美味しくできたとしても、それを皆さんが食べてくれなくちゃどうにもならない。うちに桜飯があるってことをどうやって、通りを歩く皆さんにわかってもらったらいいのかなって。彦三郎さんがいたときは、なんでも献立絵に描いてくれて、表にそれを貼ってもらっていたじゃないですか。稲荷笹寿司は、献立絵もそうだけど、桜の花が咲いた枝を活《い》けたのを外に出した。それがみんなの気を惹いて、買ってもらって、評判になって」

あのときに、振りで入った客で店が満員になったときの喜びは、忘れられないものであった。

「わたし、よそのお店で、蛸をそのまま外に出して〝今日は蛸があります〟っていうのを見せて、注文を受けたら、外から蛸を店に入れて削ぎ切りにして、また戻してってやっているって聞いたことがあるんです。戯作者の先生が教えてくださいました」

この蛸も、そうしたほうがいいのかと考えていたんです。

思案して口にすると、治兵衛の眉間にひときわ険しいしわが寄った。

「蛸を店の前に看板代わりに下げるのは、やめておきな。お客さんがたくさん来てどんどん小さくなっていくなら景気はいいけど、誰も来なくて干からびていく蛸をぶら下げることになるのはみすぼらしい」

治兵衛にぴしゃりと即答され、はるは「はい」とうなだれた。

「祭りでもありゃあ、人出も増えるし、飾りようもあるだろうが。このあいだの七夕の短冊をみんなに書いてもらって酒盛りをしたのは、賑やかでよかった。なにかああいうのをやろうか。……そういや、もうじき重陽《ちょうよう》の菊見だ。酒に菊の花びらでも浮かべて、外にも内にも菊を活けるか。はるさん、菊見にちょうどいい料理って、なにか思いつくかい」

九月九日は重陽の節句。菊を飾って厄除《やくよ》けや健康を祈願する日なのである。

「菊は飾るのもいいですが、天ぷらにして揚げて食べるのもいいですよ。花びらを酢の物にして和えるのは、綺麗で見映えもします。重陽の日のお弁当には絶対に入れようと決めてるんです」

菊を飾った記憶はないが、食べた記憶は何度かあった。七夕と同じである。重陽の節句といえば、はるにとっては、健康を祈願しながら、菊の花を美味しく食べる節句なのだ。

「提重弁当か。注文がきたのかい」

「いえ……それが、まだ」

ちょうどその日だけがぽっかりと空いている。

「重陽の節句は、五節句の最後の儀式だ。江戸城に諸国の大名たちが参賀をするから、お武家さまたちは弁当を外に頼むことはないかもしれないねえ。贅沢《ぜいたく》を知っている連中は、それこそ吉原でぱあっと宴席を設けて菊見酒だろうし」

治兵衛が呻吟《しんぎん》をする。

「まあ、その日はこぢんまりと馴染みの客たちと過ごすってのもいいだろう。表の戸を開けとけば、楽しげな様子に吸い寄せられて入ってくる客もまたいるだろう。七夕もそうだったじゃあないか」

「はい」

「弁当は売れなくっても、店で菊見酒を出すことにすりゃあいい。重陽が終われば――次の行事は十三夜の月見だねぇ。季節に応じて、菊だ月だってやっていくか。はるさん、月見にちょうどいい料理も、ひとつかふたつ、考えておくれ」

「はい。わかりました」

はるは、片目で治兵衛の様子を眺めながら、土鍋の火加減を調整する。

もう片方の竈にも鍋をかけ、朝とった出汁《だし》に味噌《みそ》をとく。いい匂《にお》いの湯気が立ち上って混じりあう。

大葉をたんたんと刻み、小皿に取り分ける。桜飯は薬味をつけて、炊き上がったご飯に、汁をかけてさっと食べるのが美味しいのだ。なにもかけずに食べるのでもいいのだけれど、はるは、汁をかけた桜飯のほうが一段上だと感じている。

——それに、そうやって用意をしていたら、いろんな味が楽しめる。

まずご飯を食べてから、薬味で味を変える。さらに汁をかければ、また味が変わる。

何度でも美味しくおかわりをしてもらえる。

鍋からご飯が焦げつくちりちりという音がする。

はるは、耳をすませ、米が吹き上がらないのを見極めて、鍋の蓋をずらして薄切りの蛸を綺麗に並べた。

また蓋をして、土鍋をさっと竈からおろし、むらしの時間をじっと待つ。

むらす時間は、身体で覚えたものである。

——よし。

と、ひとつうなずいて土鍋を盆に載せ、治兵衛のもとに急いで運んだ。

「桜飯です」

土鍋の蓋を持ち上げると、桜飯の名の通りに、蛸の出汁を吸い込んでほんわりと桜色に染まったご飯の上に、桜の花びらに煮た蛸の薄切りがはらはらと舞っている。

「こいつは綺麗だ」

と、治兵衛が目を丸くした。

ひと声の後に、唾《つば》を呑《の》み込む音がする。

見惚れるようにじっと鍋の中味を凝視している治兵衛に、

「いま、味噌汁も持ってきますね。これに大葉をさっと散らして、汁をかけて食べると美味しいんです。わたしは味噌がいっとう好きで。それから七味唐辛子もたんとふりかけると、お腹のなかがほくほくとあったまります」

と伝え、小鍋に作った味噌汁と大葉をあらためて治兵衛に運ぶ。

「へえ。はるさんの桜飯は味噌かい。あたしが食べてきたのは醤油だ。醤油のほうがいいんじゃあないかい」

と言いながら、治兵衛は、しゃもじで丼《どんぶり》に桜飯をうつし、大葉と唐辛子を振った。

はるは丼を取り上げて、有無を言わせぬ勢いで味噌汁をさっとかけてしまう。

桜飯にかける汁は塩味もしくは醤油味のものが多いが、はるの桜飯は蛸の味がしっかりと米を包み込んでいる濃い味で、味噌の味がしっくりとはまる。

「さあ、どうぞ」

と、薦めると、治兵衛は「ずいぶんと強気だ。はるさんの癖にねぇ」と笑って、箸《はし》を手に取った。

「だって腕の見せどころですから」

澄まして言うと、治兵衛が笑った。

そのままさくっと桜飯をかき込んだところで、治兵衛の動きが一旦《いったん》、止まる。桜飯を見おろし、無言で丼に直に口をつけ、ずずっと音をさせて味噌汁を飲んだ。

治兵衛は美味しいと思ったときは、言葉数が少なくなる。

一心不乱にひたすらもくもくと咀嚼《そしやく》する様子が嬉しくて、はるは目を細めた。

食べ終えた治兵衛が、小さく息を吐きだした。満足そうなその吐息に、はるの口元がほどけて、ゆるむ。

「なるほど。はるさんの桜飯には、味噌がいいね。蛸の出汁が米粒にしっかりと炊き込まれていて、上品な味加減じゃあ、この飯粒に負けちまう。蛸も火を入れすぎると固くなったり、ちっちゃくなったりするもんだが、大きさも歯触りもちょうどいい」

治兵衛が唸《うな》るようにそう言った。

「はい。活きのいい蛸はとにかく柔らかく料理できますから。素材がいいのに助けられてます」

「じゃあ、いい蛸が手に入らないと食えないってことだね」

治兵衛が渋い顔になった。

「はい」

「いつも食べられるもんじゃあないなら、うちの新しい名物料理にはできないねぇ。

うちは仕入れが弱いから」

治兵衛の言葉に、はるは咄嗟《とっさ》に言い返していた。

「あの……こんな具合の蛸が手に入らない限りは、作らないっていうのはどうでしょう。提重弁当は、個数限定なのが、みんな珍しがってくれているように思うんです。贅沢なものが好きな人たちのあいだで広まって、贔屓《ひいき》にしてくださるお客さまが増えてます」

ただし、弁当を贔屓にしてくれたからといって『なずな』という店そのものを贔屓にしてくれるかというと、そこは微妙だ。なにせ『なずな』は一膳飯屋だ。高い料理ばかり並べたら、馴染みの客は離れていってしまうだろう。美味しくて、安いご飯を食べたい客が集う店なのだ。

「いつでも食べられないものがあるのも、お客さんの気を惹くのかなって思うんです。うちに来たら絶対に食べられる美味しいものと、なかなか食べられない美味しいものの両方があると楽しいのかしらって……桜飯は、その、なかなか食べられない美味しいもののひとつにしたいんですが、どうでしょう」

治兵衛が目を瞬《しばた》かせて「こいつぁ驚いた」と声をあげた。

「それでいい。それがいいと、あたしも思うよ」

はるが笑みを浮かべると、治兵衛は「だけどね」とはるを睨みつける。

「たしかにこの桜飯は旨かったたし、目のつけどころはいいと思うんだが……提重弁当といい桜飯といい、特別なものばっかりが注目されても困る。もっと、身の丈にあったなにかも考えないとねえ。菊見と月見には、普通のもんがいい。はるさん、ここのところ、ちょっと肩に力が入りすぎているんじゃあないかい。普通に美味しいもんが安く食えるからこその一膳飯屋だ。変わってて美味しいもんを、ひとつ、ふたつと認められたからって、調子に乗られても困るんだよ」

釘《くぎ》をしっかりと刺されてしまい、

「……はい」

と、殊勝にうなずいた。

はるの気持ちなど治兵衛には、ぜんぶを見透かされているのである。

ああ、そうだ、と治兵衛がぽんと膝《ひざ》を打った。

「普通でいいんだ、普通で。月見は、いっそ、団子はどうだい」

「団子、ですか」

「ああ、十三夜の月見の団子だ。片見月《かたみづき》にならないようにって、十三日に空を見あげて団子を十三個積む家も多かろう」

八月十五日の十五夜に満月の月見をしたら、九月十三日の十三夜にも月見をしないとならないのだ。

片方だけの月を見るのは、片見月と呼ばれ、縁起が悪いとされている。

「提重弁当の注文をしてくださるお客さんたちは、そういう行事を大切に暮らしているお人が多いから、月見団子の美味しいやつも、作ったら売れるかもしれないよ。それにこないだの七夕で顔を出してくれたみんなも、月見団子は好きだ。八《は》っつぁんも、お加代さんも、長屋の連中に、すぐ隣の与七もさ、案外、団子は好きなんだ。うちは甘味処《かんみどころ》じゃあないが、はるさんだったら、月見団子の美味しいやつを作れるはずだ」

治兵衛がにっと笑ってはるを見た。

そそのかすような、試すような顔つきだった。

「できないなら、できないって言ってくれても、あたしはかまわないんだがね」

そんなことを、そんな顔で言われたら「できますよ」と胸を張るしかないではないか。

「できます。作りますよ」

と、はるは声を張り上げる。

治兵衛は、ひとの悪い笑みを浮かべ「じゃあ、あたしは、その〝特別じゃあない〟

月見団子が売れるように急いで考えなきゃあならないね。はるさんにまかせると、変わったものばかり作ろうとするからねぇ」と手のひらでつるりと顔を撫《な》でたのであった。

「それに、しばらくは物珍しさもあって重箱弁当もまわるだろうが、もう秋だ」

そこで治兵衛が口をつぐんだ。

なにを言わんとしているのかを察し、はるが言う。

「はい、秋です。お弁当はいまは売れてても、この先はどうだかわかりませんよね。物珍しさだけのことじゃなく、春は花見、夏は花火、秋は紅葉を見がてらで弁当を食べる方たちがいるとして、年末年始に重箱の弁当の注文がくるかというと難しいと思っています。冬はあたたかいものを食べたいでしょうし、弁当は冷たいですから」

すると、治兵衛が声を低くして聞いてきた。

「そこまできっちりわかっているんだね。それで、はるさん、あんたこの先どうするつもりだい。すぐ目の前のことじゃあなくて、ずっと先まで見据えているのかい」

はるは、ほうっと息を吐いた。

店の状況を鑑《かんが》みて、いつか治兵衛に聞かれるのではと思っていた言葉であった。

「わたし、は」

はるはひとわたり店内を見渡す。

すうっと呼吸を整えて、治兵衛に向き合い、はるは応じる。

「わたしは、秋のあいだはお弁当をがんばろうと思っています」

治兵衛が目を見張った。

思いがけない返事であったようである。

「そうなのかい。あんたのことだから〝弁当屋にはしたくないし、弁当じゃないところで料理をがんばってお客さんを呼びたい〟って言うんじゃないかと思っていたよ」

「はい。もちろん、ずっとこのままでやっていこうとは思ってません」

いろんな気持ちをぎゅうっと混ぜて、絞りこんだような声が出た。

「ただ、いま、お弁当だけが売れてるのはたしかなことですもの。そこを抗《あらが》っても仕方ない。それでも、重箱弁当を食べて、足を運んでくださる方も何人かはいらっしゃるし……熊ちゃんや、おみっちゃんに運んでもらうんじゃあなくて、自分で『なずな』にお弁当を取りにきてくださる方もいらっしゃる。そういう、わざわざ取りに来てくれた方たちが、店で食べてくれる料理をもうひとつかふたつは作らないと、なにひとつはじまりはしないなって。せめて、冬までに」

ひと言ひと言を嚙《か》みしめながら、訴える。

「もちろんそれ以外の、いつも来てくださる皆さんが美味しく食べていけるものも考えます。月見団子も、菊見のごちそうも……だって、わたし、いまが勝負どきなんだって思ったんです。ずっともう、それだけを思っているんです」

ぽつりと声が零れ落ちた。

「いまが？」

「はい。駄目になりかけてから、少しだけ上向いたいまこそ学びどきで、勝ちにいかなきゃって」

口に出して人に話すことで、自分の気持ちが固まっていくことがある。

自分はこんなにも、江戸に勝ちたがっているのか。

胸の内に秘めていただけの闘志が、治兵衛に話すことでくっきりと明確になる。

「勝てるようなもんじゃあないんでしょうけれど……わたしごときが……こんなふうに思っているのは図に乗っているんだろうとわかってるんですけど、でも」

治兵衛が「乗らせてあげるから、好きなだけ図に乗りなさい」と柔らかく言葉を放《ほう》りだした。

「あまりにもひどいときは、あたしがはたき落としてやるから、そうされるまでは好きなだけ図に乗っていい。勝ちにいかなきゃなんて威勢のいい言葉を、あんたが言えるようになったのは、嬉しいよ」

「はい……」

ぽっと頬《ほお》が火照《ほて》ってきた。嬉しいけれど、恥ずかしいようで、くすぐったいような変な気持ちだ。

「それに駄目になりかけたっていうけどさ、そこまでひどくない。仕入れの加減だけしておけば、弁当とぼてふりだけでもうしばらく『なずな』をやっていける。稼ぎになるってわけでもないが、足が出るってこともない。飯屋なんだから、はるさんもあまりもので作ったまかないを食べていれば、腹を空《す》かすことだけはないだろうしねえ」

そこまでひどくは、ないのだ。

治兵衛にそう言われて、ほっとする。

「……まだしばらく、やっていけますか？」

はるはおずおずと治兵衛を見た。

「しばらくもなにも、冬までにはどうにか立て直すって、あんたはいまそう言ったんだ。やっていかせなきゃならないよ。利の出ているところを大事にして、そこをのばしていけるように考えるってのは大切なことだ。ちゃんと考えていたんだねえ。まったく、あたしの言いそうなことを先まわりして言うんじゃあないよ。あたしの出る幕がないじゃあないか」

「……はい。ごめんなさい」

しゅんと肩を落とすと、治兵衛が苦笑する。

「叱《しか》ってるわけでもないよ。落ち込んでるのかと思っていたもんだから、ほっとした。こうなってくると、あたしはあたしで腕の見せどころだねえ。はるさんにお株を奪われるようなみっともない真似はできゃあしないんだから」

治兵衛がいつもは「への字」の口元をきゅっとつり上げた。

さてそれじゃあ、と、治兵衛は話を続ける。

「桜飯は美味しかったよ。ごちそうさん、これを出すことにしよう。それから、寒くなってきたから、今日は、こってり納豆汁も作るといい。夜になったら食べたがるお客さんも増えてくるだろう」

「はい」

馴染みではないものがひとつと、馴染みのいつもの味。

お客さんたちが好きなほうを選んでくれれば、それでいい。

「あとは、いつもの里芋の煮ころばしに、きんぴらごぼうと、椎茸《しいたけ》の佃煮《つくだに》を作りますね。鰯は、生姜《しょうが》を利かせて粉をはたいて竜田揚《たつたあ》げにしようかしら」

はるが切れ目を入れた里芋を茹《ゆ》ではじめたのと同時に、浅蜊《あさり》を売りきった熊吉がふらりと店に戻ってくる。

「ただいま。あ、違う。ただいまじゃねぇや」

口から飛び出た言葉に驚いたみたいに「ここは、うちじゃあねぇもんな」と小声でつけ足し、間違いを恥じるようにぎゅっと口を引き結ぶ。治兵衛は、いつもの閻魔顔《えんまがお》でちらりと熊吉を見て、熊吉も仏頂面だ。

だから、

「おかえりなさい」

と、はるはそう返した。

むっとした顔のまま近づく熊吉にはるは笑顔を向ける。

「ここは熊ちゃんの家ではないけど、朝いちばんに浅蜊を売りにきて、昼になると戻ってきてくれるんだし〝ただいま〟と〝おかえり〟を言い合うのもおかしくないわ。それに、ちょっといま嬉しかった」

「嬉しいって、なんだよ。間違ったのがおもしろいのかよ」

口を尖《とが》らせて熊吉が言い返してくる。

子ども扱いしてしまったときや、熊吉の間違いをうまく訂正できなかったとき、よかれと思って告げた言葉が熊吉の誇りを傷つける。

わかっているのに、またやってしまった。

はるはしおれて、言葉を続けた。

「わたし、ひとりでここで暮らしているから。ただいまと、おかえりを言う相手がいないでしょう。寂しかったそこんとこを、いま、熊ちゃんが宥《なだ》めてくれた気がしたの。ありがとう。ごめん。里芋煮てるから、自分でお水汲《く》んで、一杯飲んでそこで待ってて」

どう言えば伝わるのだろう。考えながら言葉を紡ぐ。

「しょうがねぇなあ」

と熊吉は担いでいた天秤棒を床に置き、湯飲みを手にして水を飲んだ。ごくごくと喉《のど》の鳴る音が大きく響く。子どもの立てる物音は、ただ水を飲むだけでも、生きる力に満ちている。

「本当に、はる姉ちゃんはしょうがねぇや。大人なのに寂しがりで」

大人びた口調で熊吉が言った。どうやら許してくれたらしい。はるは、ほっとして

「そうね」とうなずいた。

鍋の里芋に竹串を刺す。するりと刺さった竹串に「よし」と小さな声が出た。

竈から鍋をおろして里芋を笊にあける。ぶわっと立った湯気が目の前を白くかすませる。茹でたては熱いから気をつけないとならない。そっと里芋をひとつ両手でつまみあげ、左右にきゅっとひっぱると、皮がつるりと綺麗に剝《む》けた。ほかほかの茹でた里芋は、そのまま塩を振って食べても美味しい。

「はい。ひとつだけ。治兵衛さんにも、ひとつ持ってって」

はるは、最初に剝いた里芋に塩をぱらりと振って、熊吉へ手渡した。二個目を治兵衛にと言うと「わかった」と素直に治兵衛のところに持っていく。

「ありがとうさん」

と、治兵衛も里芋に口をつける。

熊吉にだけ渡したら、気を遣って食べない。熊吉はそういう子だ。まだ子どものはずなのに、うまくまわりに甘えられない。大人に頼れないままで大人になっていくだろう彼の、その目端の利く賢さがときどきはるは切なくなる。

「わたしも、ひとつだけ。お客さんたちが来る前に食べちゃわないとね」

里芋の皮をさらにもうひとつ剝いて、熊吉の返事を待たずに頰張った。口のなかが熱いし、大きなひとくちだったものだから、もうなにも言えなくなった。もぐもぐと里芋を咀嚼するはるを見て、熊吉はもう一度「しょうがねぇなあ」と言って笑いだし、里芋に齧《かじ》りつく。

「あれ、なんだい、これ。お相撲《すもう》さんが飯をいっぱい食べてる絵だ」

治兵衛が置いた瓦版を目に留めて、熊吉が聞いた。

「大食い大会があるんだ。相撲取りがものをたらふく食べてる絵ってのはわかりやすいから、そういうことにしたんだろうさ。でも案外と身体のでかい男のほうが小食で、細くて小柄な男がぺろりとご飯を平らげるってことが多いから、大食い大会ってのはおもしろいんだ。手に汗握って見ちまって……」

そこまで言ってから、治兵衛が「ああ、そうか」とつぶやいた。

「思いついたことがある」

「はい」

「ちっと、金太郎のところにいってくるよ。いや、その前に八っつぁんに話を持っていったほうが手早いか。金太郎は大飯喰《おおめしぐ》らいで、うちの料理が好き、ときた。有名な関取になっちまったら出られやしないとしても、いまならまだ……。親方も、うちに恩を感じるところがあるかもしれないし、話の持ちようによっちゃあ。とにかくいってくるよ」

治兵衛は立ち上がり、足早に外に出ていってしまった。

はるは呆気《あっけ》にとられて「はい。お気をつけていってらっしゃい」と、送りだす。

「なんなんだい。治兵衛さん」

熊吉もぽかんとした顔だ。

「さあ……」

首を傾げると、治兵衛の代わりに床几に座った熊吉が、足をぶらぶらと揺らしながら、つぶやいた。

「はる姉ちゃんは、いつもおいらを食べ物でごまかすんだ。口で言えないことがあると、黙っちまって、食べ物を寄越《よこ》す」

なにげない言い方だった。が、そのひと言ははるの真実を突いていた。

はるは里芋にむせて咳《せ》き込んだ。

言い返そうと思ったのに、言うべき言葉が見つからない。

熊吉はまたもや「しょうがねぇなあ」と、湯飲みに水を汲んではるに手渡す。涙で目をにじませて、はるは湯飲みを手に取り水を飲む。汲みおいていたぬるい水が、喉《のど》のつまりをらくにした。

「……おいらは別にそれでもかまわない。はる姉ちゃんのくれる食べ物は、いつも、はる姉ちゃんの気持ちがこもってて、旨いから」

「ありがとう。熊ちゃん」

水に対するお礼なのか、言葉に対するお礼なのか定かではなかったけれど、感謝の言葉がつるりと喉を通り過ぎる。

熊吉が「うん」とうなずいて受け止めた。

しばらくふたりは無言で、ほくほくした茹でたての里芋を食べていた。

はるのほうが食べ終えるのが早かった。熊吉は猫舌のようで「あちっ」と言いながら、少しずつ囓りついている。熊吉が里芋を咀嚼する度に動く口元を、はるは、愛《いと》しい思いで少しだけ見つめ、続いて、他の里芋の皮もつるつると剝いていく。

「はる姉ちゃん。今日の里芋、なにを作るんだい」

熊吉が尋ねた。

「いつもの煮ころばし」

剝き終えた里芋で煮ころばしを作る。

里芋の煮ころばしはみんなが好きな江戸のおかずだ。見世棚には常に用意しているし、注文された提重の弁当にも毎回入れる。

鍋に水を張り里芋を転がすと、砂糖と味醂《みりん》と醬油をまわしかける。火にかけて少したつと調味液が煮詰まって、じゅわじゅわとあぶくがたった。

はるは鍋を軽く揺すぶりながら箸で里芋を静かに転がした。甘じょっぱい匂いのする湯気がふわっと鼻腔《びこう》をくすぐった。美味しい匂いに、熊吉も鼻をひくひくと蠢《うごめ》かしている。背伸びしてはるの手元を覗《のぞ》き込もうとする小さな姿に、はるの口元が柔らかくゆるむ。

「旨いよな。はる姉ちゃんの煮ころばし」

「ありがとう。褒めてもらえて、嬉しいわ」

なにをどう言葉にするより、同じものを食べて黙って向き合っているほうが、はるは他人とうまい具合に触れあえる。

昔からずっとそうだった。

手にはいったもので作った料理を共に食べてお腹いっぱいになったときに、なにを言うより自分の気持ちがみんなに伝わっている気がした。

朝は客があまり来なかったけれど、昼は、振りの客がいつもより入っていた。

訪れた客たちに「今日のおすすめは桜飯です」と笑顔を向ける。客は一様に考え込んで、その後は、頼んだり、頼まなかったりで、半々だ。

けれど、頼んだ客はみんなひとくち箸をつけるなり「こいつは、旨い」と声を漏らして、一気にかき込んでくれる。目の前で美味しそうに食べている姿を見て「俺にもあれをくれ」と指さす客も現れて、大きかった蛸は足を少しずつ削ぎ切られ足一本を残すだけになった。蛸の頭は酢の物に、煮物にと、使って、消えた。今日のところはこれで充分、上々だ。

そうやって次々とくる客の対応をしているうちに、昼八つ（午後二時）を過ぎる。

「あら、はるさん、ひとりなの。治兵衛の旦那は」

と、入ってきたのは長屋に暮らす三味線の師匠《ししょう》の加代である。芸事を極めるとこうなるのだろうか。ふとした仕草や、目配せに、老いても独特の色香の滲む女伊達《おんなだて》だ。

「用事を思いだしたようで、出かけてくるとおっしゃって。お加代さん、今日のおすすめは桜飯です」

「桜飯か。いいねえ。それでちょっと一杯飲ませてもらおうかね」

返事をしたところで、別な客が「こっちの酒が先だよ。まだ来てないぜ」と声をあげた。

「はい。ごめんなさい。いますぐお出ししますので」

治兵衛がいないと、酒に手がまわらず、あたふたしてしまう。

落ち着いて、と自分に言い聞かせ、ひとつひとつを順番にこなしていく。

加代が「急いでるわけじゃあないけど、ちょっとお貸しよ」と立ち上がった。するりと厨に入り込み、ちろりに酒を入れて、あたためだす。

「はるさんは下戸《げこ》だからねえ。信用してないってわけじゃあないんだけどさ」

しどけない仕草で酒の世話をし、香りがふわりと立ち上がったところで「ちょうどいい」と、ぬるく燗《かん》をした酒を客に運んでくれた。

そのまますぐ厨に立って、あらためて、ちろりに酒を注《つ》ぐ加代に小声で「ありがとうございます」と言うと「あたしは、あたしのやりたいことをしただけさ。お酒の加減は、あたしのほうが、はるさんより詳しいんだ」と小気味いい声が返ってきた。

「そうだぜ。酒の燗ばっかりは年増《としま》のばあさんが世話してくれたほうが旨い気がする」

失礼なことを言ってのけた客にはらはらするはるを尻目に、加代は「酒の味がわかる客だ。ありがたいね」と笑って受け流す。

「俺にも、酒だ。この桜飯がめっぽう旨くて、酒が欲しくなっちまった。こっちの、生姜の利いた鰯の揚げたやつも、たまらねぇな」

「はいよ」

活気というのは不思議と外に漏れでるもので、一度、賑やかになると客が次々と吸い寄せられるように店の暖簾《のれん》をくぐりだす。

手早く桜飯を平らげてすぐに出ていく客もいれば、酒を引っかけてから出ていくものもいる。

おかげで加代は座る暇もなく、ずっと、ご飯の配膳《はいぜん》とお酒の世話に客あしらいにと、口と手をくるくると回すことになった。

そうやって時間が過ぎて——夕暮れである。

客たちは入れ代わり、残ったのは、馴染みの戯作者の冬水夫婦と、加代の三人だった。

小上がりに座った三人に、できたての桜飯を運ぶ。

「やっと酒にありつけるよ」

手酌で飲みだした加代の隣で、

「あんた。この桜鍋はしみじみと綺麗だねえ。蛸の足がちゃんと桜の花びらの形だよ。これから木枯らしの秋を乗り越えて、次は寒い冬になるっていうのに、春が鍋のなかにたっぷり詰まってるみたいで、手をかざすと、ぬくいよ」

戯作者の妻のしげが、鍋の蓋をあげて感嘆の声をあげた。手のひらをかざして、鍋のなかを覗き込んでいる。

「うむ。そうだな」

冬水は、そわそわと鍋の中味としげの顔を見比べている。早く食べたくてたまらないが、妻がうっとりと見ているものを、しゃもじでかき混ぜてしまうのは申し訳ないと思っているのだろう。しげも冬水のためらいが伝わっているようで、くすくす笑ってしゃもじを鍋のなかに差し入れた。

「かき混ぜちまったらせっかくの桜が散ってしまうけど、料理ってのは、食べるためにあるもんだからね。見るだけのもんじゃあない。はい。あんた」

手早くふたつの茶碗に桜飯を盛りつけて薬味を添える。冬水が「うむ」と手元にあった味噌汁の小鍋から汁を注いで、椀のひとつをしげの手元に返した。特になにと互いに指示を出さずとも以心伝心のふたりであった。

いただきますと手をあわせ食べはじめる夫婦を、お猪口《ちょこ》片手の加代が微笑《ほほえ》んで見ている。

「ああ、これは……海の滋味がたっぷりと飯粒に宿っている。蛸がまた……この嚙み心地の柔らかさは、たまらないねえ。薬味が口んなかをさっぱりさせたところで、出汁の利いた味噌汁が、すべてをなだらかにまとめてくれる。醤油と海の旨味がつまった飯粒に、味噌汁がこんなに合うなんてねえ」

「本当に。桜飯っていったら醤油か塩の出汁でいただくものだとばかり思ってたのに、味噌もいいわね」

「いや。味噌こそが、この桜飯の至福だ。醤油や塩じゃあ、ここまで旨くはないね。醤油の飯に潮の味の蛸に味噌汁をかけるってのが、旨いんだ。喧嘩しあうようで、仲がいいこの味は、はるさんならではの加減だね。だいたい、秋に味わう、春の桜っていうのは乙じゃあないか。桜に限らず、春に花を咲かせる樹木は、秋と冬はじっと堪《た》え忍んで、たっぷりの力を溜《た》め込んで、春に綺麗な花を咲かせる。秋と冬にこの桜飯を食べて過ごせたら、どんな寒さにも負けずに、春を待てそうな気がするよ。この桜飯は、口に幸せと福を運ぶ〝口福《こうふく》〟そのものだ」

　普段は無口な冬水だったが美味しいものに対しては饒舌《じょうぜつ》になる。

「出た。先生の長口上と〝口福〟が出たね。こりゃあ、美味しさのお墨付きだね」

　加代は「どれどれ」と鍋の蓋をあけ、自分も桜飯をよそって箸をつける。

「ああ……でも、そうだね。これは美味しい。――お腹がぬくまって、優しいけれど、元気になれる味がする。派手な味じゃあないんだけどねぇ、けなげで綺麗な花びらが散った小鍋仕立ての見た目といい……たしかに、どんな寒さにも負けずに、春を待てそうな気になれるご飯だよ」

あれこれと話しながら桜飯に舌鼓《したつづみ》を打つみんなの顔に、はるは頬を緩ませる。

残りの蛸は、足があと一本。

足一本なら、なんとでもなる。

たくさん蛸が残ったらどうしようかと悩んでいたのが嘘《うそ》のように、一日で、大きな蛸を料理し終えられることに安堵《あんど》する。

と――。

治兵衛が、八兵衛と一緒にふわりと暖簾をくぐって入ってきた。

ふたりして肩を怒らせて、なにやら足どりも妙に軽い。八兵衛が笑顔なのは珍しくないが、治兵衛の眉間のしわが、ない。ふたりとも上機嫌で威勢がいい。

「おかえりなさい。治兵衛さん」

はるが言ったのと同時に、加代がぴしゃりと治兵衛に文句を放つ。

「どこにいってたんだい。あんたがいないから、はるさんがてんてこまいだったよ。だいたい、女ひとりに、酒を出す店の店番させるのはちっと不用心だよ」

「なんだい。なにか揉《も》め事があったのかい」

治兵衛が慌てた様子ではるに聞く。

　はるが口を開くより先に加代が応える。

「なんにもなかったよ。なにかある前に、あたしが治兵衛さんのかわりに酒の番をして、見張ってたから。彦もいないんだ。留守にするなら、今度から、あたしにひと声かけておいきよ。あたしが、飲み助に睨みをきかせてやるからさ。こういうのは、なにかあってからだと遅いんだ」

　まったく男ってのは、こういうところの気がまわらないんだからと、加代がしかめつらをし、治兵衛が「悪かった。思いつかなかったよ」とはると加代に頭を下げた。

　謝罪をされると加代は怒りをすぐに引っ込める。

「……で、なんの用事をして来たのさ。八兵衛とふたりで、威勢よく戻ってきて。よほどいいことがあったのかい」

「ああ。いいことさ。すげぇことなんだ」

　治兵衛より先に、八兵衛が、口を開いた。

「聞いて驚け。明日、柳橋で大食い大会がある。その大食い大会に金太郎が出ることになった。親方さんにも許可をもらって、金太郎も『なずな』のためならって、二つ返事だ。飯部門だ」

なにがなんだかわからない。はるが、呆気に取られて聞き返すと、八兵衛が焦《じ》れた顔になる。

「だからよ、ここで飯を食わせた相撲取りがいただろうよ。金太郎。あいつが、旨いもんを食べさせてもらった恩返しで、大食い大会で勝って、勝ったその場で〝部屋の女将《おかみ》の飯と、花川戸の『なずな』の飯で、この身体と胃袋を鍛えてる〟って、宣伝してくれるって寸法さ。間違っちゃいねぇし、嘘でもない。たしかに、ここで飯を食って、それで元気になって部屋に戻ったんだ。はるさんの飯が、あいつにとっては心を鍛えた、転機の飯さ」

「飯部門……？」

「……はい」

「勝ちさえすりゃあ、翌日には、瓦版に、金太郎のことが載るだろうし、うまくいったらみんなが『なずな』に食いにくる。なんせ、江戸の男はみんな相撲が好きだ。しかもここのところ、金太郎は上り調子で、次はいいところに食い込むんじゃあないかって評判になってるんだ」

宣伝をしてもらう手はずをつけて、頼んだんだよ。

治兵衛がにっと笑って、つけ足した。

「金太郎さんも最初はなにを頼まれているのかわからなくて、何度も聞き返してきてたがね。あの人の食べっぷりなら、大食い大会はうってつけだ。あの大きな見た目で、相撲取り。はったりもきいている。親方も〝金太郎が幕下以下のいま、一回こっきりなら〟って、了承してくださってね。渋々の顔をしていたけれど、もし金太郎さんが飯部門で勝ったら、自分の部屋の名前も出るし、人気も上がろうってもんだ。勝ってくれれば全員が良しの、そんな大会だ」

それに開催が呉服屋だから、あたしも頼みやすかった、と治兵衛が続ける。

「呉服の宣伝のための大食い大会なら、一膳飯屋の宣伝に使っても、まあいいだろう。これが料亭主催の大会だと、そこは、ほら、食べ物屋の名前を別に出すのは気が引けるところだが」

八兵衛が揉み手をし、どすんと床几に座る。

「絶対に勝ってくれって、金太郎に念押ししてきたぜ。明日の大食い大会が、もう、いまから楽しみでならねぇよ。はるさんも、ちっとだけ店を閉めて、飯部門を見にくるといい。昼くらいまでに勝負はついてるだろうから、その後で『なずな』で祝杯だ。今日のところはその前祝いだ。酒だ、酒。それからそこのみんなが食べている、旨そうな飯を俺にもくれよ」

八兵衛が桜飯を指さした。

「はい」

はるは、弾んだ声で返事をした。

翌日だ。

見上げた空には北から渡ってきた雁《かり》が列を組んで飛んでいる。

大川は今日は凪《な》いでいて、日をはね返して銀の波がきらきらと光って見えた。

はるは治兵衛に連れられて柳橋の大会に足を運んだ。八兵衛に加代も一緒である。

大川沿いに建ち並ぶ建物のなかの、ひときわ大きな店が今回の大会が開かれる『万《よろず》屋《や》』だ。

そこの大広間を開け放ち「我こそは」と思う大食い自慢たちが集い、飯や蕎麦を食べ尽くすのだ。

きんと冷えた風に吹かれて背中を丸めて広間に足を踏み入れると、外とは違い、人がぎゅうぎゅうに詰まっていて熱気がすごい。誰も彼もが、まっすぐ奥にしつらえられた大会の場を笑顔で見つめている。

「こりゃあ、百五十人……いや、二百人はいるかもしれないねえ。大入りだ」

治兵衛が感嘆し、八兵衛が「金太郎はどこだい」と背伸びをした。

紅葉《もみじ》の赤が鮮やかに描かれた屏風《びょうぶ》を背にして、張りつめた面持ちで並ぶ男たちのなかに金太郎の姿があった。ひときわ大きな身体なので、ひと目でわかる。

鳥越川《とりごえがわ》を越えて柳橋に入るまでは物見遊山《ものみゆさん》のはるであったが、一歩、会場に入った途端、大会の規模の大きさに驚いて、身がすくむ。自分が食べるわけでもないのに、場の空気に気圧《けお》されて、手に汗が滲んだ。

「なんだい。大店の『葛西屋』さんの挨拶《あいさつ》はもう終わっちまったのか。まあ、ちょうどいいか。挨拶ってのは長ったらしくて飽きるからな」

八兵衛はいつも通りだ。

「八っつぁん、静かにおし。失礼なことを言うんじゃあないよ」

治兵衛に叱られ「おいらの話なんざ誰も聞いてやしないさ」と目をくるりと回した。

「飯部門がはじまっちまうぜ。もうちっと前にいこう」

「前にって言っても」

どうやってと問い掛ける暇もなく、八兵衛が片手を人と人のあいだに差し入れて、

「知り合いが出てんだ。前に詰めさせてくんな」

と声をかけた。

「ほらほら。はるさん、加代さん、おいらから、はぐれんなよ。治兵衛の旦那は自分でどうとでも」

はるは加代と顔を見合わせ、慌てて八兵衛の後ろについていく。どうとでもと言われた治兵衛もむっつりとした顔でついていく。

八兵衛は人混みをすり抜けるのが巧みで「ちょっと、ごめんよ。はいよ、ごめんよ」と肩を差し入れて隙間を作り、するすると前へと進む。

気づけば前から十列目。

「ここから先の一等席は金を積んだ連中が場所を取ってるから、俺たちは、ここが限界だ」

みっしりと人が詰まっていた後ろとは違い、しつらえられた大会の舞台の手前は、ゆったりとして、座布団を敷いて座って見ている人もいる。

「今年は、相撲取りがいるぜ。ありゃあたくさん食いそうだ」

「去年の飯部門の勝者は六十八杯の丼飯を食ったって聞いてるぜ」

前列で見物をする男たちの会話が、はるの耳に届く。

「あの相撲取りがおいらの知り合いだ。今年はあいつが勝つに決まってる」

八兵衛がふんぞり返って大声で言い放ち、男たちが振り返って「そうなのかい」「そりゃあ楽しみだ」と声をかけた。

はるは胸元で手をぎゅっと握りしめ、金太郎を見つめる。

金太郎は一礼をしてから、腰をおろした。前に見たときと同じ子持ち縞《じま》の着物姿だ。巨軀《きよく》の相撲取りは、あたりを睥睨《へいげい》するのではなく、太くて短い首をさらに縮めて、居心地悪そうにしている。

その佇《たたず》まいを見て、はるの胸がぎゅっと小さく固まった。

こんなにたくさんの人の前で、こんなに大きな立派な場所で行われる大会だとは、はるは想像していなかったのだ。しかも治兵衛や親方たちに期待され、勝負をかけて、気合いを入れて食べるだなんて。

——わたしだったら、身がすくんでしまって、なんにもできないに違いない。

「どうしたの、はるさん」

隣に立った加代が小声で聞いてくる。

「あの……緊張して胸がどきどきしてしまって」

「なんだい、そりゃあ。はるさんが食べるわけじゃあねぇのによ」

八兵衛が笑って流す。

「まあ、信じて、応援してやろうじゃあないの」

加代がはるの背中をそっと撫でる。

「飯部門、開始とあいなりまする」

舞台の上で進行役の男がそう言って、観覧の客が沸き立った。

どぉん、と大きな太鼓の音が鳴る。

足もとがびりびりと低く震える。

綺麗な着物を着こなした芸妓たちが襷掛け姿で、しゃなりしゃなりと舞台を往復する。膳に載せた丼飯はこんもりと盛られて、つやつやとして、美味しそうだ。

出場者は十名で、全員が男だ。年齢はばらばらで、治兵衛くらいの年かさの者もいれば、若そうなのは金太郎同様二十代くらいだろうか。痩《や》せて小柄の貧相な男が多いなか、向かって右から三人目に位置する金太郎の大きさはひどく目立つ。

「こういうのはおかしなもんで、痩せてるほうが大食いなんだ」

「いやあ、だけどあいつは相撲取りだっていうぜ」

「まだ四股名《しこな》もついてねぇんだぞ」

好きなことを言う観客たちの声は、金太郎の耳にも届いているのかどうか。はるは「どうぞ、なんにも聞こえないで、好きなようにただ食べていって」と願う。余計な雑音は耳にせず、己の勝負をしてくれと祈る。

座り込んだ出場者の前に据えられた膳に、みんなが手をのばす。わっと勢いよく引き寄せて、かき込む者もいる。懐《ふところ》から取りだした梅干しをつまみにして食べる者もいる。金太郎はというと、ゆっくりと、綺麗な姿勢で箸と丼を手にして、美しい所作で、淡々と食べはじめる。

そういえば『なずな』に来たときの金太郎もそうだった。淡々と、急ぐことなく、美味しそうに食べてくれていた。作られたものを慈しむような食べ方で、見ていて気持ちがいいものであった。

芸妓たちが膳を運ぶ。裾《すそ》からちらりと覗く襦袢《じゅばん》の色が鮮やかな真紅で、真っ白な足袋《たび》が目に焼きつく。その色香を楽しむ余裕もなく、座り込んだ男たちは必死の形相でひたすら飯を食べている。

空になった丼が膳の横に重ねられる。金太郎の丼の数は、他のみんなより、少ない。食べるのが遅いせいだ。

「金太郎、がんばれよ。気張れっ」

八兵衛が思わずというように声援を送った。

飯だけを食べていくのがつらくなったのか、右端の男が「こっちに水をくれ」と手をあげた。運ばれた水を飲むのではなく丼にそのままかけて、湯漬けならぬ水漬けにした白飯を必死の形相で流し込む。

「ああ、あいつは一番に落ちるかもしんねぇな。水や湯を入れるぶん、胃が膨れっちまうからああいうのは悪手なんだ」

大食い大会にも、特有の目利きがいるようで、したり顔で語っている。

「それに比べて、相撲取りの兄ちゃんは強いな。ゆっくりしてるが、確実に食べてやがる」

金太郎以外のみんなが、満腹になって食べる速さが落ちてきているなかで、金太郎は着実に丼の数を追い上げている。着々と食べ続け、膳の横に重ねられていく空になった丼の高さが増していく。

「もう無理だ。腹が破ける」

水をかけて食べた男がそう叫んで、ひっくり返った。

ひとり脱落すると、そこから一気に三名が「俺も無理だ」「儂《わし》もだ」と悲鳴のような声をあげ腹を抱えてうずくまった。

かんっと太鼓の縁《へり》が鳴らされ、脱落した者の名を告げていく。

落ちた者の名を聞いて客たちが「わっ」と声をあげる。勝ち負けひとつひとつが名勝負で、娯楽なのだ。

「よくやった。四十杯は充分食えてらぁ」

声援に、苦渋に満ちた表情で「おうよ」と弱々しい声が返ってくる。

「醬油をくれ。味がついてねぇと食えねぇんだ」

左端の男がそう叫び、芸妓が醬油差しと皿を膳で運ぶ。男は醤油を丼飯に直《じか》にかけ、死にものぐるいに頰張りだした。

醤油をかけて食べる者にみんなの目が向いている隙に他の出場者が脱落する。

かんっ、かんっ、かんっ、かんっ。四つ太鼓の縁が鳴り、四名の名前が叫ばれる。

「よっ。残り二名だ。金太郎っ、踏ん張れよっ」

八兵衛が身を乗りだして大声で叫んだ。

金太郎は八兵衛の声も聞こえていないように見える無心な顔つきのまま、ひたすらにもくもくと箸を動かしている。金太郎の脇に積み上げられた丼の嵩《かさ》は、気づけば、誰よりも高くなっていた。

醤油で飯粒を流し込んでいる男は、おそらく三十路。小銀杏《こいちょう》の町人髷《まげ》で藍《あい》の着物を身につけて、ときどき腹をさすりながら、親の仇《かたき》と向き合ってでもいるような形相で丼飯と対峙《たいじ》している。

見ているだけでこちらの胃が痛くなってきて、観覧客もしきりに自分の腹をさする。

新たな丼が運ばれて、かつんと音をさせて男の膳に置かれた。高く盛られた丼飯に醤油を垂らし、ちらちらと金太郎の様子を探り、箸を手にして——そこで男は固まった。

手が震え、脂汗が額に滲んでいる。

なんとか飯粒を口に運ぼうとしているようだが、身体が拒絶をしているのか、箸を持つ手が動かない。

とうとう男は音を上げた。

「……これ以上は、飯ひと粒も入らねぇや。負けましたっ」

正座をし直し、膝に拳《こぶし》を載せて男が宣言する。

かんっ。

潔い音と同時に、男の名前が告げられて——残ったのは金太郎だ。

どぉん、と太い太鼓の音がして、

「勝者は金太郎っ。さあ、あとは何杯までいくか見届けだっ」

大きな声が会場に轟《とどろ》き渡る。

そこで金太郎はやっとまわりの様子を見回した。

まだ、箸を止めない。もくもくと丼飯を食べている。ゆっくりと咀嚼《そしやく》して味わうように食べ続け、二杯、丼を重ね、そこでやっと目を閉じて、箸を置いた。

もう一度、太鼓が鳴った。運び女を務めた芸妓が金太郎の横の丼を、ひとつ、ふたつと数えていく。客たちも一緒になって「一杯、二杯」と怒鳴るものだから、なんとも騒々しい。

治兵衛が言っていたように、大食い大会は、祭りであった。

「……六十九杯、七十杯‼　飯部門の勝者は金太郎関！　記録は七十杯‼」

「七十杯……べらぼうだなあ、おい」

どよめく見学者たちに「うっす」と金太郎が立ち上がる。食べた量の凄《すご》さもあいまって、身動きひとつで、人びとがいちいちやんやと囃《はや》し立てて賑やかだ。

「ごっつぁんです。俺をここまで育ててくれたのは部屋の女将さんの飯と、花川戸の一膳飯屋『なずな』の料理です。身体も、心も、大きくして、ここから立派な力士になりたいと思います」

ぶるんっと腹の肉を震わせて、金太郎がそう言った。

見物人たちは拍手喝采《かつさい》で「おおよ」「いいぞ」とかけ声をかけ、頬を紅潮させて笑顔であった。

大食い大会の各部門の勝者は、絵入りで瓦版に書き立てられた。

飯部門の金太郎は、その名前と大きな身体に、まだこれからの相撲取りだというすべてが人の心にはまったようだ。勝ちが決まってすぐに客に頭を下げて語った言葉が瓦版に取り上げられたおかげで『なずな』は、大会の翌日から大入りだ。

次から次へと男たちが暖簾をくぐり「だまこ汁とかいうのが旨いんだってな」と注文をする。男たちはたいがい酒を頼み、見世棚に並んだ料理をつまんで「金太郎の言ってた通りに旨ぇ飯だな」「この、ほろほろの子和えこんにゃくとかいうのは、酒にも合うね」と言い合っている。

九月九日、重陽の日。

朝にぼてふりの庄助が、大きないい蛸を持ってきてくれて――菊の祭りの日だが、桜飯を作ろうということになった。

「もちろん桜飯以外に、菊の献立も作ってくれるんだろうね、はるさん。町人が気安く食べられるような、手軽な料理で頼むよ」

治兵衛に言われ、はるは「はい」と胸を張った。

「菊は、おみっちゃんからたくさん仕入れましたから。菊の花びらのお浸しに、花びらと蛸の頭の酢の物に、それから、小菊の花を天ぷらにします。天ぷらはみんなが大好きだから、桜海老《さくらえび》のかき揚げもたくさん揚げて、ひと皿にこの二品をお出ししようかと思ってます」

桜海老は春と秋が旬《しゅん》である。

「桜海老のかき揚げに、桜飯。菊の天ぷらと、菊のお浸しと酢の物か」

「秋のお祭りに、春への願いを込めました。彩りも、黄色と桃色で、綺麗で目を惹きます」

「いいねぇ。味は間違いなしだし、それでいこう」

治兵衛がぽんと両手を合わせ、うなずいた。

「桜飯の献立絵はないですが、お客さまたちに声がけをしようと思います」

はるが言うと、治兵衛が「献立絵は、あるんだよ。はるさん」と、目を細めて、にっと笑った。

「彦三郎のところにいって、描かせたよ」

治兵衛が懐から絵を取りだす。広げた紙に描かれていたのは、蓋を開けた土鍋のなかで湯気をたて、ふっくらと炊きあがった桜飯だ。蛸の足の薄切りが花びらになって散っている。薬味の皿と、小鍋に入った味噌汁も描かれている。

自分が作った料理が紙の上に載っているのを、はるは呆然として凝視した。

彦三郎の文字で『あつあつ桜飯』と書かれた脇に、剽軽《ひょうきん》な蛸の絵が小さく添えられていた。赤く茹であがった小蛸が足をくるりと巻いて、その足先に桜の花びらが載っている。

「もうずっと〝見たことがないものは描けない。見たましか描けない〟って渋っていたから、どうなることかと思ったが……はるさんの料理の旨さをあたしが細かく説明したら、あいつ、きっちり描いてみせた」

とうとうあの男も、見てないものが描けるようになったんだよ。

それで、なんでか描き終えたら、目に涙を浮かべやがって。

大の男が、桜飯描いて、泣いてるんだから情けない。

「情けないが、だけどそれが彦三郎っていう男だねぇ。まさか泣かれるとは思ってもいなくて、あたしも、大慌てでさ。それで〝治兵衛さんにやいやい言われて描いたが、本当に描けるなんて思わなかった。いまの仕事をやり遂げたら、絶対に『なずな』に桜飯を食いにいくから、はるさんにそう伝えてくれ〟って」

本当にあいつは駄目だ。駄目な男だ。

治兵衛が苦い顔になり、そう言いきった。けれど、芯の所で、駄目だとは思っていないような言い方だった。

美味しそうな絵である。

醤油と味噌と出汁のいい匂いが漂ってきそうなそんな絵である。

いまは会えない別なところで、彦三郎は彦三郎で自分の進む道を歩いている。

なんだか胸がいっぱいで、はるはなにも言えないでいる。

「さて、外に一枚、店んなかに一枚、桜飯の絵を貼ろうかね。菊の花びらは全部料理に使わずに残しといておくれよ、はるさん。花びらを浮かべて、菊見酒を出すのも風流だからね」

治兵衛が絵を手に取って外へと出ていく。

――桜飯で菊見酒。

治兵衛が出ていったと同時に、客がふらりと暖簾をくぐる。

「大食い大会の金太郎が飯を食ってた『なずな』ってのはここかい」

「はい」

客が床几に座って思案顔ではるに聞く。

「酒と――あとは、おすすめはなんだい」

「今日のおすすめは、いい蛸が手に入った日しか出ない、桜飯です。それから桜海老のかき揚げと、菊の天ぷらも美味しいですよ。菊のお浸しと菊の酢の物もございます。今日は重陽の節句ですから」

答えている間に、次々と男たちが暖簾をくぐる。

はるの「いらっしゃいませ」の明るい声が、秋の晴れ上がった高い空へとのびていった。

第三章　十三夜の月見団子

今日もまた勝負の一日だ。

そう念じて起きたはるは、いつものように障子戸《しょうじど》を開けて、大川を眺めながら、早朝の冷たい空気を胸いっぱいに吸い込んだ。

元気があるときは不思議なもので、空気ですら美味《おい》しく感じる。

秋も深まる長月《ながつき》の——十三日。

今宵《こよい》の十三夜は、後《のち》の月《つき》だ。

「今夜の月は見られるかしら」

八月十五夜の月を見て、九月十三夜の月を見ないのは片見月《かたみづき》とされている。片見月は、縁起がよくない。

大食い大会で勝った金太郎の宣伝の効果は絶大で、昨日も、ひっきりなしに客が訪れた。何度も土鍋《どなべ》で飯を炊き、弁当の稲荷笹寿司《いなりささずし》だけではなく、作ったおかずはすべて空っぽになって店を閉じた。

はるひとりでは手がまわらず、途中から熊吉やみちも手伝ってくれた大賑《おおにぎ》わいの最後は、治兵衛ともどもみんなで顔を見合わせて笑顔であった。

——幸せな一日だったなあ。

どうやらはるは、幸せすぎて、ふやけた顔をしていたらしい。治兵衛が「これで胡《あぐ》座《ら》をかいちゃあならないよ」と、帰り際に説教をしていって——みちが「おかずが売れたら売れたで文句を言うんだ。治兵衛さんの文句と説教は、まるで川の流れみたいだねえ。止まることがなく、ずっと流れてんだ。ここまできたらたいしたもんだ」と感心していた。

はるもまた、治兵衛がここぞと釘《くぎ》を刺していったことに感心していた。

——だって、治兵衛さんの言う通りだもの。

一時の評判に胡座をかいていては駄目なのだ。

物珍しさと評判を聞いて、遠くから来てくれた客のうちの何人がまた『なずな』に来てくれるのかなんて、わからない。美味しいはもちろんで、安いとなお、よい。おもしろいものもたまには食べたいが、四六時中、おもしろいだけじゃあ鼻白《はなじろ》む。毎日、食べたいようなものを、当たり前に出せるのが一膳飯屋《いちぜんめしや》だ。

そのうえで、はるらしく、おもしろいものを作って、出していく。

——金太郎さんの名前でとった評判を、私の料理で塗り替えられたら。

ちりっと灯《とも》った己の野心に、はるは我知らず小さく震えた。本当になんてたいしたことを思うようになったのか。

けれどこの夢は、はるがひとりで思い描いたものではない。

治兵衛や彦三郎をはじめ、いま『なずな』に来てくれているみんなの後押しが、こんな夢を見てもいいとはるを自惚《うぬぼ》れさせてくれたのだ。

——だから、叶《かな》えたい。

もう少し——まだ少し——夢を叶えるその日まで、自分の料理の味と、精一杯がんばることが得意だという才能を信じていたい。

身支度を整え、帯に差し入れた札入れをとんと指で確かめて、はるは階段を降りていく。

「早いうちに月見団子を作って、店に飾っておきたいわ」

すすきは、昨日、熊吉がたっぷりとってきてくれたのを大ぶりの壺《つぼ》に活《い》けている。

「うちの店は甘味より酒のお客さんが多いけど、それでも月見団子があれば買って帰ってくださるかもしれない。稲荷笹寿司も、食べたついでにお持ち帰りをしてくださる方が多いし、私の団子は時間が経《た》っても柔らかいまま、つるんっとした食べ心地だもの」

団子は、白玉粉に豆腐を練り入れて茹《ゆ》であげる。

はるの父は、団子に、水のかわりに豆腐を入れて作っていた。豆腐の水気だけで作った団子は、冷めて、時間を置いても、固くならない。

さあ、がんばろうと襷《たすき》と前掛けをかけ——竈《かまど》に火を熾《お》こす。

今日もまた、新しい一日が、はじまる。


馴染《なじ》みのぼてふりたちから野菜や魚を買って、いつものおかずを作っていく。

板場の片隅で、買ってきた豆腐が冷たい水を張った盥《たらい》に浮いている。

しゅんしゅんと音をさせて湯が沸いて、出汁《だし》の匂《にお》いがぷんっと漂う。米を炊く鍋《なべ》の蓋《ふた》がかたかたと揺れ動くのを聞きながら、俎板《まないた》の上で野菜を刻む。

生活をしていくための音である。

はるは、料理を作る最中のこの音が、好きだ。ささやかな毎日を彩る、美しい音だと思う。

秋鯖《あきさば》は塩焼きと味噌煮《みそに》にした。

鶏《とり》も納豆も仕入れ、納豆汁に仕上げた。

炊きたてのご飯を小さく握って、皿に載せて、石地蔵に供えて「お月さまが見えますように」と願ってきた。

ちょっと贅沢《ぜいたく》に奮発して作るのは、かぶら蒸しだ。かぶをすり下ろしたものを笊《ざる》に載せ、汁気を切っておく。酒と塩で臭みを抜いた海老《えび》と、椎茸《しいたけ》と、皮を剝《む》いた銀杏《ぎんなん》を器の底に綺麗《きれい》に並べてから、冷たく冷やした卵の白身を何本もの箸《はし》を握ってかき混ぜて、泡立てる。

腕がだるくなるくらい、かき混ぜ続けないと、卵の白身は固くならない。ここがこの料理の肝だから、力いっぱい、混ぜ続ける。

泡立ったもののなかに、汁気を切ったかぶのすり下ろしを入れて、ざっくりと混ぜる。海老や椎茸、銀杏の上に、それをとろりと載せて蒸す。

蒸しあがったものを見世棚《みせだな》に並べ、注文を受けたら、塩と醤油《しょうゆ》で味を調えた出汁をあつあつにして、片栗粉《かたくりこ》を溶いたものを、かけて、出来上がりだ。

残った黄身は崩さないように形を保って、醤油のなかにとぷんと沈めた。綺麗なさらし布で覆って、棚の、日の当たらない場所に置いておく。明日になったら黄身は醤油をたんと吸い込んで固くなる。これをご飯の上に載せて、割って食べるのはご馳走《ちそう》だ。値が張るから、いつでも出せるわけではないが。

醤油のなかに黄色い満月がぷかぷかと浮く様を眺め、はるは、

「……今日出せるように、昨日仕込めばよかったわ。月見にちょうどいい料理だった」

と歯がみした。

「明日になったら名残り月とでも言って出してみようかしら」

これは治兵衛さんと相談だ。

見世棚にいつもの料理と、いつもより奮発したかぶら蒸しを並べ、さて、と白玉粉を大きな鉢に入れる。絹ごし豆腐を手で崩し入れて、粉とあわせてざっくりと混ぜる。

「今日は混ぜるものが多いわね」

さっきから腕を使ってばかりだなと思いながら、耳たぶくらいの柔らかさになるまで、丁寧に、ひっくり返しながら粉をこねまわす。

そうしながら、中味の入っていない漆塗《うるしぬ》りの立派な弁当箱をちらりと見て、嘆息する。

——お月見なら、提重《さげじゅう》弁当も御贔屓《ごひいき》の方が頼んでくださると思ったのに。

今日は提重弁当の注文がないのであった。

菊見の重陽の日と同じである。

豪華な遊びに慣れている手合いは、座敷を設けて派手に遊ぶのだろう。はるの作る提重弁当は、おもしろくて美味しいといっても、座敷遊びに持っていく類《たぐい》のものではない。

忙しく立ち働いていると、勝手口から治兵衛が顔を出す。

「おはようさんでございます。今日はまた早いですね。治兵衛さん」

ここのところ朝から客が暖簾《のれん》をくぐってくれることが多いので、治兵衛が顔を出すのも早くなっていた。が、それにしてもいまは夜明け前だ。仕事に出かける職人たちがちらほら顔を出すのは明け六つ（午前六時）を過ぎた頃合《ころあ》いで、店の戸も開け、暖簾も下げてはいるものの、まだ客は来ていない。

「うん。おはようさん。――はるさん。手を動かしながら、話を聞いておくれ」

「はい」

「今日の夜に、かづさ屋さんから提重弁当の注文が入ったよ。昨日の夜に言われてね。それを知らせなきゃって早く来た」

「……いくつですか」

「二個だ」

「それは……」

と言ったきり絶句したのは——かづさ屋の娘、おきくの姿が脳裏を過《よ》ぎったからだ。彼女の噂話《うわさばなし》が発端で『なずな』の客足が途絶えたというのに、どうして、提重弁当を注文しようなんて思ったのだろう。

「お嬢さんの、おきくさんがどうしても食べたいって言ったんだとさ。うちが、おきくさんの噂のせいで閑古鳥《かんこどり》を抱《かか》えていたことも、その後に金太郎のおかげで盛り返したことも、かづさ屋の旦那《だんな》さんはご存じだ。なんせ、目と鼻の先に店がある。それに、世の中の噂話や、時流を知らないと、商売ってのはできないもんだからね」

「はい」

「たぶん、この注文は、これで勘弁しておくれっていう手打ちの意味があるんだろう。だからあたしは、笑顔で引き受けてきた」

「笑顔……治兵衛さん、笑ったんですか」

思わずつぶやいたら「あたしだって笑うこともある。むしろあたしは自分の笑顔の使い道もわかっているんだよ」と苦い顔をされた。

「はい。それもわかっておりますが……」

「あたしだって、予定にないものを作らせるのは大変なことだとわかってるんだよ。

けど、弁当二つ、作ってくれないかい。どうだい、はるさん」

他の注文なら勢いよく「ありがたいです。がんばります」と言えるのに、今回ばかりは、はるは、無言になってしまった。

「駄目なのかい」

ともう一度聞かれ、はるはしぶしぶ「二個なら……なんとか」と返事をする。

治兵衛がほっとした顔になった。

「真昼九つ（十二時）に、おきくさんが取りに来るって言われたよ」

「取りに……来るんですか」

「ああ」

うなずいて、治兵衛は、店の真ん中に活けてあるすすきの前で腕組みをする。七夕の竹笹と同じに大きな壺にざっくりと飾ったすすきに、治兵衛は困り顔になった。

「すすきが多すぎだよ。風情《ふぜい》ってものがない」

「熊ちゃんがたくさんとってきてくれたから全部飾ろうと思ったんです」

「はるさんは、料理だと綺麗に盛りつけられるのにねぇ。こういうのは彦三郎のほうが悔しいけど、上手《うま》い。小さな花瓶がなかったかい。ああ、ここにはないのか。直二郎もそういうのはとんと興味のない男だった」

治兵衛は、すすきをざっくりと引き抜いてから、少し離れて眺め呻吟《しんぎん》する。

「花瓶なら、うちにあった。一回帰って、いいものを見繕って持ってくるよ。はるさん、それまで頼んだよ」

と告げると、店を出ていった。

その少し後――寝ぼけ顔で現れたのは、三味線《しゃみせん》の師匠《ししょう》の加代である。

「おはようございます。お加代さん。こんな朝早くにどうしたんですか」

「どうもこうもないよ。治兵衛の旦那が、少し留守にするから、あんたを頼むって言い置いていったんだ。私はそろそろもう一眠りしようかって頃合いだったんだけどさあ、頼まれたら仕方ない」

留守にするときはそうしなさいって言ったのは私だからね、と加代が笑う。

加代は宵っ張りで朝寝坊なのだ。

「それにしたって、はるさんは毎日、朝が早いねえ」

眠そうに目を擦《こす》る加代に申し訳なくて、はるは「すみません」と頭を下げた。

加代はふわりと笑って、床几《しょうぎ》に腰かける。

「すまなくはないんだけど、目の覚めるような美味しいもんをひとつ食べさせておくれよ。お腹《なか》になにかいれると身体《からだ》があたたまるからねえ。はるさん、それはなにを作ってるんだい」

「はい。月見団子です」

「そうか。今夜は十三夜だ」

加代が柔らかく目を細める。

「だけどいまから作ったら固くなっちまうね」

「それが固くならないんです。ずっと柔らかいままのお団子を出せますよ」

「そうなのかい」

目を丸くした加代に、はるの口から笑いが零《こぼ》れる。美味しい団子を食べてもらって、もっと驚いてもらいたい。

ちょうどよく練りあげた種を少し休ませて、大鍋にお湯を沸騰させる。ぐらぐらとあぶくが立ったところで、丸くつくねた団子を落としていく。

一旦《いったん》沈んだ白い団子が湯のなかでふわふわと浮いてくる。

あぶくと共にくるくると踊る団子の加減を見て、茹《ゆ》で上がったものを掬《すく》い上げ、冷たい水にすとんとさらす。

表面がつるりとして透き通った白い団子は、つやつやとして美味しそうだ。

「お団子を十三個、盛り上げて……きなこをつけて……」

そう口にしながら皿に盛りつけ、たっぷりときなこをまぶした団子を加代に手渡した。

「あらまあ」

加代が口元を綻《ほころ》ばせ、弾んだ声を上げる。

ぴかぴかした団子の上で砂糖ときなこがうっすらと溶けて、綺麗な黄金色になっている。加代が箸《はし》を手にして、団子をつるりと口に放《ほう》り込む。

「……美味しい。柔らかいけど、もちっとしてて、歯ごたえがちょうどいい。きなこの香ばしい香りに砂糖の甘みが加わって、身体んなかから元気になりそうだ。本当にこの団子は、固くならないのかい」

「はい。このまま時間を置いて、昼すぎにもう一回食べて、たしかめてくださいね」

「そんなに何回も食べさせてくれるのかい」

「手伝っていただけるんですから、もちろんです」

と、はるは笑いながら、飾るための団子をあらためて十三個茹でる。皿に懐紙を載せて、その上にこんもりと盛りつけ、きなこを散らした。

月がのぼる方向に月見団子の皿を置くと、客がひとり、暖簾をくぐった。股引《ももひ》きに袢纏《はんてん》姿の職人の男だ。

「いらっしゃいませ」

男は忙《せわ》しない動作で床几に座る。

「白いご飯と椎茸の佃煮にきんぴらに、こってり納豆汁がありますよ。おかずは見世棚に並べてあります」

はるに言われ、男は見世棚を一瞥《いちべつ》する。

「納豆汁か。あれは身体があったまるし、腹持ちもするしちょうどいい。ご飯と納豆汁ときんぴらをくんな」

「はい」

朝の職人たちはのんびり料理を味わう暇はない。ぱっと入って、ぱっと食べて、さっと出る。

昔のはるなら、炊きたてこそが一番と、土鍋でご飯を炊いて待ってもらっていただろうが、いまは彼らがなにを求めて『なずな』の暖簾をくぐってくれるのかを理解している。

手早く食べられる、美味しくて、安いご飯が一番だ。

丼にたっぷりとご飯を盛りつけ、きんぴらと納豆汁と一緒に運ぶと、男は、即座に箸を手にとりかき込んだ。

あっというまに平らげて、帰り際に思いだしたように、

「そういや、この店は、桜飯が旨《うま》いんだってな」

と、男が言った。

この間、出した桜飯がもう評判になっているのか。

目を丸くしたはるが返す言葉を探していると、加代がすかさず、

「はい。美味しいですよ。味噌《みそ》仕立ての汁をかけて、食べるんです。ただ、ここの桜飯は、いい蛸《たこ》が手に入ったときだけ作るんで、いつでも食べられるってわけじゃない。それに、注文を受けてから小さな土鍋で炊くので、少しお時間がかかりますから、急いでないときに食べてやってくださいね。どうぞ御贔屓《ごひいき》に」

と、まとめてくれた。

「おぅよ。わかった」

男がうなずいて、さっと出ていく。

入れ替わるように別な客が暖簾をくぐる。

ひとり、またひとりと、朝の仕事に向かう前の職人たちが見世棚のおかずを指さして、床几に座った。

次々と客が来て、はるはてんてこまいで働いた。

いままでで一番、客の多い朝であった。

見世棚の皿にこんもりと盛っていたおかずが、軒並み、減っている。

途中で、昼の分までご飯が保《も》たないと気づいて、あらたに鍋を火にかけて飯を炊き、そのあいだは加代に客の対応をお願いした。

そうやって――朝五つ（午前八時）を過ぎると客の波が一旦引いた。

静かになった店先で、加代が大きく息を吐いて、床几に座る。

「すごいね。朝はいつもこんなに忙しいのかい」

「いつもじゃないです。大食い大会の後からです」

「そう。良かったねえ」

加代がしみじみとそう言ってくれた。閑古鳥を抱えた店をずっと心配してくれていたのだろう。はるはぺこりと頭を下げる。

「はい。良かったです。皆さんのおかげで、なんとかなりそうです。ありがとうございます」

そう言って、はるは、再び板場に戻る。

客足が途絶えたいまのうちに提重弁当を詰めなくてはならない。

弁当はずっとあらかじめ注文してもらって作ってきていた。急に作れと言われても、なにを入れたらいいのか算段が難しい。

菜飯のおにぎりと、梅干しのおにぎり。稲荷笹寿司も詰めることにしよう。

かぶら蒸しは、店で食べるなら美味しいが、弁当のおかず向きではない。秋の味覚で贅沢な品なのに、残念だ。

入れられるとしたら、里芋の煮ころばしに、きんぴらに、椎茸の佃煮。卵は仕入れていたから、卵焼きは作ることができる。焼いた秋鯖も塩加減がちょうどいいから、弁当向きだ。

とはいえ——いつもなら、次々と作りたいものが思い浮かんで幸せな気持ちになるのに、今日のはるは、気乗りがしない。

「……美味しいけれど、ありがちなものばかり。ぱっとしない」

言葉がぽろりと転がり落ちて、加代が「ぱっとしないって、なにがだい」と聞いてきた。

「昨日の夜に、かづさ屋さんから、お弁当の注文をもらったんです。治兵衛さんが今朝になってから、それを私に教えてくれて」

予定をしていなかったものだから、なにを入れたらいいか困ってしまうと続けると、

「かづさ屋さんかい」

加代が複雑な顔をした。

「はい。今日食べていただくなら、月見のお弁当を作りたい。でも、月見らしいものは、里芋と、お団子しかないんです。なんだかそれじゃあ悔しくて」

悔しくて、という言葉が口から飛び出て、自分で驚く。

——わたし、悔しいって、いま、言った？

両手で口を押さえ、うつむいた。

この気持ちは、なんだろうと思う。

清々《すがすが》しい悔しさではない。江戸に負けたくないという気持ちとはまた違う、どんよりとした後ろ暗いもやもやとした勝ち気が、はるの心の内側から滲《にじ》みでる。

——これって、嫉妬《しっと》だわ。

胸をぎゅっとつかまれる嫌な気持ちのやり場のなさに、はるはわずかに顔をしかめた。

おきくに、食べさせたいものがなにひとつ思いつかないのだ。食べてくれる人のことを思うと、創意工夫が溢《あふ》れ出てくるのがいつもの自分なのに。

提重弁当をこんなに急に頼んできたのも、嫌がらせなのかしらと、疑い深くなってしまう。

そのうえで、作るなら、おきくを「あっ」と言わせるような素晴らしい料理じゃなきゃ負けてしまうと意固地になっている。

「おきくさんが、食べたいって言ったんだそうです。それで、うちに、おきくさんが取りにくるって」

ひどく淀《よど》んだ声が出た。

「かづさ屋さんに頼まれたんだったら、そりゃあ、ぱっとしたものを詰めなきゃならないねぇ。足りないものがあるなら、買ってきたげるよ。美味しいもんを作って渡してあげな」

加代が気遣う声でそう応《こた》え、はるは弱々しく返す。

「そんな……そこまでしなくても、今日あるものでいいですよね。だって本当に急に頼んでくるんですもの」

自分のなかのどろどろとした気持ちを飲み込めず、口ごもると、加代が、悲しい顔で笑って続けた。

「だってさぁ、あんた。かづさ屋のおきくは、彦三郎にひとめ惚《ぼ》れしたんだよ」

そんなことは言われなくても、わかっていた。

鈍感なはるですら、ちゃんとわかっていたのだった。

はるの頬《ほお》が強《こわ》ばった。ぎこちない笑顔で、加代を見返す。

「だけどさ、はるさん。かづさ屋のお嬢さんは、ひとり娘なんだ。親に決められた相手を、婿《むこ》にもらって、家をつぐことが決まってる。惚れていようと、絶対に実らない恋なんだ」

加代が小声でそう続ける。

「え」

「大店《おおだな》の娘さんってのは、まず、ひとり歩きはさせてもらえない。なにがあるってわけでもないが、なにかがあったら困るから。いつだって奉公人を最低ひとりは側《そば》につけ、守られながら歩いている。そういうもんさ。おきくが彦三郎にくっついて、この店に入ってきた日があるんだってね。そのへんの話は、治兵衛さんから聞いてるよ」

「はい」

「その日、おきくがひとりだったなら、そりゃあ、こっそり、家の者の目を盗んで出かけたに違いないんだよ。治兵衛さんも察していたさ」

おきくが彦三郎と歩いていたって日はさ、あのお嬢さんにとってはたいした冒険の一日だったんだろうよ。

一膳飯屋に入ったのだって、それがはじめてだったんじゃあないのかね。酒を出す店にひとりで入ってこられるようなお嬢さんじゃあないんだ。

「そもそもが、おきくは、彦が相手じゃなくてもよかったのかもしれないよ。親に決められた相手と結婚する前に、誰《だれ》かに惚れてみたかった。たまたま巡り会ったのが彦三郎だったってとこだろう。おきくは、賢い娘だよ。彦が、そういうのに、ちょうどいい男だって見極めたんだ」

「ちょうどいいって……」

「純情な娘っこを、ついでにだましたりしない。惚れた気持ちのふわふわしたところだけ受け止めて、綺麗にくるんで、押し返すような男だ。勝手にのぼせて、娘時代の思い出にするのに、ちょうどいい」

「それは……はい」

彦三郎は、たしかに「ちょうどいい」相手なのである。

「下手《へた》な男に惚れて、相思相愛になったら駆け落ちするよりなかったさ。だから、彦三郎でよかったんだ」

彦三郎はおきくに惚れ返さない男だもの。

　そんなこと、おきくがなによりわかってた。

「悪い噂の出所がおきくだったたって八兵衛に言われて、はるさんはどう思ったかは知らないが、私はちっと切なかったよ。どんなつもりでなにを言ったかは、いまとなってはわからないし、突き止めたくもないけど、私だって、昔は若い娘だった。おきくの気持ちは、わかるんだ」

「………」

「それで悪い噂をふりまいたとしてもさ、自分ひとりで後始末ができるわけでもない。娘っこのしでかしたことだってまわりの男連中に言われて終わりだ」

　八兵衛が、連れてきてくれた客たちにまくしたてていた言葉を思いだす。

「おきくがいまになって弁当をわざわざ食べたがってるってんなら、それは、ちゃんと意味があるんだろう。はるさんに謝罪したいとか――それとも自分の恋心をすっぱり断ち切るきっかけにしたいとか――治兵衛さんが急に注文を受けてきたってのも、事情があるに違いない」

　もしかしたら祝言が決まったのかもしれないねえ。

　はなからあの娘は、家を出ようなんざ思ってもいないだろう。

　我儘《わがまま》を言うつもりもなかっただろう。

あの娘にとっての唯一の冒険が彦三郎との出会いの日で、その日にはじめて一膳飯屋に来たんだろうさ。楽しい一日だったのかもしれないよ。

加代の言葉がゆっくりとはるのなかに染み込んでいく。

「……はい」

――そんなことは考えつきもしなかった。

もやがかっていた灰色の煙みたいだった嫉妬の渦が、静かに、悲しく、胸の内側に沈んでいった。

嫉妬を感じたときとは違う種類の痛みが、心をちくちくと刺している。

「だからって、悪い噂を流したことを許してやれなんて言いやしないけどね。悪いことは、悪い。そんなこと、おきくだって知ってるさ。あんたも、そこはがつんと言っておやりよ」

「がつんと……」

情けない顔になったのだろう。加代が、ふふっと笑って続ける。

「はるさんの性格じゃあ、口で言うのは無理だろうから、弁当でがつんと心意気を見せなよ。弁当を取りに来るっていうおきくが、ちゃんと謝れるような立派なおかずを詰めりゃあ、いいよ」

それなら、はるにもできそうだ。

おきくの気持ちも、真実も、はるには、わからない。

大店のひとり娘で、ひとりで出歩くことができなかったお嬢さんの気持ちを、はるが、わかるといったら嘘《うそ》になる。

わかっているのは、おきくが、はるとは正反対の生き方をしてきた「娘っこ」だということだけだ。

——だけど、わたしも、年だけとってもいまだに世間知らずのお嬢さんで、魚の競《せ》りにも、ひとりでいけやしないんだ。

少し考えて、はるは、口を開く。

「おきくさんは、あの日、わたしが作った〝ふんわり灯心田楽〟を美味しいって言って食べてくれました。試しに作ったものをいくつも食べて、比べて、一番美味しいものを選んでくれた。あれを、もう一回、作ろうと思います」

ありがたいことに、具材はすべて揃《そろ》っている。

「それがいいよ」

加代が、うなずく。

「はい」

丸くなりかけた背中に力を込めて、胸を張る。

――わたしにできるのは、それくらい。

それくらいと言いながら、けれど、料理を作ることが、いまだ「娘っこ」なはるにできる、すべてであった。

――おきくさんに美味しいと思って食べてもらえるものを作ろう。それで、がつんと言ってやるんだ。悪い噂を流されて、わたしは、困ったんだからって。

なにを詰めたら「がつん」と言えるものになるのかを考える。

さっきまで作るものが思いつかず、ぼんやりとしていたのが嘘のように、おきくに食べてもらいたいものがいくつも浮かぶ。

「卵焼きは外せない。鯖の塩焼きも入れます。あとは〝ふんわり灯心田楽〟にあわせて、茄子《なす》の田楽味噌を作って、銀杏があるから、あれを串に刺して焼いたのを入れたいわ。緑が綺麗で映える。海老は、それだけで天ぷらにするには小さいから、ごぼうと合わせて、かき揚げにします」

言いながら、はるは、さっそく料理をはじめる。

決まってしまえば、あとはただ、美味しく作るだけだ。

――がつんの気持ちは、全部に入れる。

かき揚げは、衣を重めにして、油で揚げている最中に油のなかに重ねがけして分厚くしよう。よそではなかなか見かけないくらいの、まん丸で、厚い、満月みたいなかき揚げに。

冷めても美味しく食べられるように、さくっと揚げるために、小麦粉を笊《ざる》でふるう。冷たい水を用意して、卵で粉を溶く。店で出すならここまで手をかけると赤字になる。提重弁当ならではの、今回限りの贅沢なかき揚げだ。

やるせなくて切ない、そんな気持ちも詰め込もう。同情とも哀れみとも違う。おきくも、はるも、同じに「娘っこ」なんだなという、不思議な寂しさと妙な甘ったるさが胸の底にある。

――それでも、わたしもおきくさんも、ずっとこのままじゃあいられない。

「天ぷらとなると、さつま芋も揚げなくちゃ。満月みたいに丸く切って、こっちは薄衣の天ぷらにしよう。それから、お月見のお団子」

夜になっても柔らかいままの豆腐で粉を溶いた月見団子も重箱に詰めよう。

――がんばれっていう気持ちも、美味しく仕上げる。

「みたらしにしようと思います」

気張った声で告げたはるに、しゃっきりとした大人の加代が「いいねえ」と笑ってくれたのだった。


その後もちらほらと客がやって来て、さっと食べて、ぱっと出ていくのくり返しだった。

もうじき昼のかき入れ時という手前で、やっと治兵衛が花瓶を手に戻ってくる。青《せい》磁《じ》の竹首の焼き物で、つややかな青がとろりと滑らかだ。

「おかえりなさい」

「治兵衛さん、待ってたよ」

はると加代が相次いで言うと、

「うん。ただいま」

と、治兵衛は涼しい顔だ。

店内の客たちに「いらっしゃいませ」と頭を下げてから、花瓶にすすきを活けて月見団子の横に置き「よし。これでいい」と、うなずいた。

「こっちのほうが風情がある。ところで、弁当はできたのかい」

小声で問われて「はい。この通りです」とはるは胸を張る。

治兵衛は、蓋を開けたままの重箱の中味を眺め「旨そうだ」とつぶやいた。

と——暖簾の向こうから、

「おきくさま、こちらのお店でいいんですよね。普通の一膳飯屋のようですが……」

という声が聞こえてきた。

女の声だ。

「ええ。ここよ」

別な女の声がそう応じた。こちらは、凛《りん》とした若い娘の声だった。

先に暖簾を捲《めく》ったのは格子の着物をこざっぱりと着付けた二十代半ばとみえる女性である。たぶん『かづさ屋』の奉公人だ。

彼女が身体を少し引いて「おきくさま」と後ろに声をかける。

わずかに顔をうつむかせ、ゆっくりと後から入ってきたのは、おきくである。

「いらっしゃいませ」

はるの声はいつもと違い、緊張でわずかに震えていた。

おきくは絵になる仕草で首を傾《かし》げて笑ってみせた。

『かづさ屋』のひとり娘は、前に見たときよりさらに美しくなっていた。きゅっとつり上がった黒い双眸《そうぼう》に、真珠を砕いてまぶしたかのような白い肌。島田髷《しまだまげ》に蝶《ちょう》を象《かたど》った繊細な平打ちの簪《かんざし》を挿している。

江戸茶の小菊模様の着物がよく似合っていて、彼女が入ってきただけで、店のなかがふわっと一気に明るくなったような気がした。

おきくのために暖簾を掲げていた奉公人の女が、せかせかと、おきくの後ろをついて店に入る。

女は値踏みするようにあたりをぐるっと見回してから、わずかに眉《まゆ》を顰《ひそ》め、

「ごめんくださいませ。もうやっているんですよね。頼んでいたお弁当、早めに受け取りたくてきたんです」

と、おきくの後ろから、そう言った。

たしかに真昼九つには、まだ早い。

「はい。もう、できあがっております。蓋をしてお重をまとめますね」

はるの言葉に、おきくが「そう」と笑った。鷹揚《おうよう》な仕草はいかにも大店で大切に育てられたお嬢さんという風情のものだ。はじめて会ったときのおきくとは違い、大人びていて、落ち着いている。

「はい。ここで座って待っていてください」

はるは店先に出て、床几を広げておきくに薦める。

おきくはひとさし指を顎《あご》にあて、思案するように首を傾げた。

「どうしようかしら」

つぶやいたものの、おきくは、座らなかった。

おきくが座らないのなら、もちろん奉公人も座れない。

「これがうちのお弁当？」

おきくが、置いてある提重弁当の中味を覗《のぞ》いてそう聞いてきた。

「はい」

「美味しそうね。ああ、これは——前にここに来たときに、いただいた」

「はい。ふんわり灯心田楽です」

「嬉《うれ》しい。食べたかったのよ。ありがとう」

その言葉を聞きたくて、はるは、ふんわり灯心田楽を作ったのだと思う。

「今日のお弁当は、みたらし団子が美味しいんです。時間がたっても柔らかいままの団子なんで、期待して食べてくださいね」

はるが蓋を閉め提重弁当の用意をすると、

「風呂敷《ふろしき》は用意してきているの」

と、おきくが言う。

奉公人が懐《ふところ》から風呂敷を取りだして広げた。奉公人は「ですが、このお重の弁当は、取ってのついた容器にしまわれているので風呂敷がなくても持っていけそうですね」と、おきくを見た。

おきくはぼんやりと考え込むように店のなかを見回している。

奉公人の言葉にはなにも返さず、

「お客さん、戻ってきたって聞いてるわ」

と、そう言った。

「はい」

「よかったわ。それで……ごめんなさい」

そっぽを向いたままである。

──あやまってくれた？

はるの顔をまともに見ない、ついでみたいなあやまり方だ。

あまりに不器用なあやまり方で、人によっては怒るかもしれないが、はるにはそれが、おもしろかった。

だいたい、はるだって、人のことをあれこれ言えやしないのだ。口で伝えるのではなく食べ物を渡してごまかす癖があると、熊吉に言われるような大人なのだ。

おきくはすいっと奉公人を見て「ひとりで二個は持てないでしょう。私も持つわ」と鷹揚に告げる。

「ですがお嬢様。これ重たいですよ」

「いいのよ。持ちたいの」

おきくは奉公人の手から弁当箱を奪い取り、よろりとよろめく。きっと想像より重たかったのだろう。慌てた顔で身体を支える奉公人に「平気よ」と、顎をつんと上げた。

「そういうことですので、こちらをいただいて参ります」

と、はるに言う。

「またお願いするわ」

両手で弁当箱を抱えて、去っていく。その背中は細くて、小さくて、だけどすっきりとまっすぐのびていた。

奉公人が慌てておきくを追いかけて、もうひとつの弁当を提げて、店を出た。

「まだ食べてもいないうちから、またって言って帰ってくなんて……」

はるの唇から言葉が零《こぼ》れ、治兵衛と加代が顔を見合わせ、ほろ苦い顔で笑った。

一日、ひっきりなしに客が来て、繁盛のまま夜になる。

日が暮れて風が冷たくなったが、今宵《こよい》は月見だからと戸をすべて開け、外に床几を置いて、すすきと月見団子の皿を飾っている。

暮れ六つ（午後六時）が近づくと、残った客は、冬水夫婦に八兵衛に加代という、馴染みの顔ぶれだ。

生憎《あいにく》なことに空に雲が多く、月は、雲間を出たり入ったりで忙しない。

――今日は、お月さままで忙しいのね。

なんだかそれがおもしろくて、はるは笑顔で空を見上げていた。

熊吉にも、みちにも「おうちでお月見をしてちょうだい」と、月見団子を渡しているから、きっとそれぞれに家族と共に、この空を見ているはずだ。

「いい景色だけど、さすがに寒い。これじゃあ、風邪《かぜ》をひいちまうよ。ねぇ、あんた？」

しげが最初に音を上げた。

「うむ。そうだな。帰るか」

冬水が重々しくそう返す。

「そうしよう、あんた。はるさん、月見団子を包んでおくれ。はるさんの月見団子を持って帰って、うちの縁側で、布団をかぶって、ぬる燗《かん》片手にまん丸お月さんを楽しむよ」

冬水夫婦が仲良く肩を並べて店を出た。

「私も、うちに戻るとするわ」

加代は、朝からずっと店の手伝いをしてくれていた。疲れた顔をして眠たげだ。

治兵衛とはるは「今日は、ありがとうございました」と並んで頭を下げ、月見団子の包みを渡す。

治兵衛は、はるに「そろそろ店じまいだ。戸は開けたままで、暖簾と行灯《あんどん》看板は下げちまいな」と声をかけ、ちろりで酒を温める。

「治兵衛さんが、飲むんですか」

暖簾と行灯を取り込んで、はるは、治兵衛にそう聞いた。

「月見は楽しいけど少し寂しいんだ。満月はひとりぼっちで見るもんじゃあない。特に十三夜の月はもう寒いからね。誰かと一緒に見るもんだ」

聞いたこととは別な答えが返ってきた。

「そうなんですか」

「あたしはね、そうなんだよ」

笑う治兵衛に八兵衛が、「そうだ。そうだ。おいらもそうさ。治兵衛の旦那、ただ酒をごちそうさんです」と、威勢のいい声をあげた。

治兵衛が「八っつぁんに飲ませるなんて、ひとことも言ってない」と、ぎろりと睨《にら》みつける。

はるがくすくすと笑っていたら——。

男がひとり、ひょいと顔を覗かせた。

「ああ、来た来た」

治兵衛がそう言って出迎えたのは、彦三郎であった。

「彦三郎さん」

はるはぽかんとしたまま立っていた。

「仕事の目処《めど》がたったから、今夜、いってもいいかいなんてのは、あたしにじゃなく、はるさんに聞くもんだ。そういうところが、おまえは、おまえなんだ」

治兵衛が渋い顔をして「まあ、あとはまかせたよ」と、ちろりを置いて、月見団子をひと包み持って背を向ける。

「なんだよ。そういうことかよ」

八兵衛が床几から立ち上がる。

「八兵衛さん……あの」

「さすがにこれで居座るわけにはいかねぇよ。おいらもそこまで野暮じゃねぇ」

八兵衛は、片手を掲げ、とっとと店を出ていってしまう。八兵衛には、月見団子を包む暇もなかった。

「あの」

はるは、おろおろと狼狽《うろた》えた。

——少し、痩《や》せたみたいだ。

久々に見た彦三郎の頬のあたりがそげて見えた。疲れた顔で、けれど目は澄みきっている。余分なものはきちんと捨てて、描《か》きたい絵だけを描いて過ごしてきたのだろう。

以前の彦三郎よりずっといい顔つきになっているような、そんな気がした。

「あの……月見のお団子を食べませんか。柔らかく、美味しくできたんです」

必要な言葉はきっとそれではないのだけれど、気づけば、はるはそう言っていた。

彦三郎ははるを見返して、

「はるさんだなあ」

と、記憶のままのふわふわとした笑顔を浮かべる。

「外に出してる床几を片づけちまおう。そのあとで月見団子をいただくよ」

彦三郎は月見団子やすすきを店に入れ、手早く床几を店の内側へと引き入れようとする。はるは大急ぎで、床几の片側を抱えて、彦三郎を手伝った。

そのまま彦三郎は店のなかで、自分が運んだ床几に座って、

「ほら、はるさんもここに座って」

と、戸を開けたまま、空を見上げる。

はるは月見団子の皿を持って、彦三郎から少し離れた隣に座った。ふたりのあいだに団子の皿を置いた。

彦三郎が団子を頬張り「旨い」と笑う。

箸につまんだ団子のひとつを空に掲げ、ちょうど雲から出てきた月と見比べる。

「綺麗で、旨いなんて、月見団子ってのはいいもんだなあ」

なんて妙に真剣に言うものだから、はるはるで、笑ってしまった。

空気がふわりと軽くなった。

彦三郎は壁に貼《は》られた桜飯の献立絵に目を止める。

「桜飯、ちゃんと貼ってくれてんだなあ」

彦三郎が描いてくれたものである。

「はい。良い絵を描いてくれて、ありがとうございます」

湯気が立った美味しそうな桜飯。蛸がぬるりと剽軽《ひょうきん》な顔で踊っている。

「仕事の、目処が立ったんだ。これで終わったわけじゃあなくて、まだまだこの先も、描かなきゃならない草花や鳥や虫が、たんとあるけど」

ぽつりぽつりと、彦三郎が、話しだす。

「はい」

「竹之内さんも立派に働いていらしてね。岩崎先生が本草学の本をお出しになる際には、竹之内さんの意見もおおいにとりいれると、そうおっしゃっていた」

「それは、よかったです」

「うん。本ができあがったら、それを持って帰って故郷に錦《にしき》を飾るんだっていきまいているよ。まだまだ本ができるのは先なのに、いまからずいぶんと威勢がいい。今日は、くれぐれも、はるさんによろしくって竹之内さんが言っていた」

柔らかく笑う彦三郎のもとに、治兵衛が燗にしたちろりの酒と猪口《ちょこ》を運ぶ。

彦三郎は手酌で酒を注《つ》ぎ「はるさんは？」と聞いてきた。

珍しくはるは「はい。少しだけ」とうなずいて、自分のぶんの猪口をもうひとつ用意した。

たいして飲めないから、猪口に一杯。

「岩崎先生は、すごい人でね。そのすごい人がさ、俺《おれ》が描いた絵を、誉《ほ》めてくださる」

「はい」

ひとくち酒をすすると、酒が滑り落ちるのにあわせて、喉《のど》の奥から腹のなかまでが一気にふわっと熱くなった。

「岩崎先生がおっしゃるには、俺の絵は、川原慶賀《かわはらけいが》っていう長崎《ながさき》の町絵師に通じるものがあるんだそうだ」

「長崎の……」

「有名な絵師じゃあない。江戸の人に聞いても、みんな、そいつは誰だいって聞き返すようなそんな人だ。俺だって、この仕事をするまで川原先生の絵なんて知らなかったさ」

それでもね、岩崎先生に頼んで見せてもらったその人の絵は、構図が新しくて、緻《ち》密《みつ》な筆致で、見ていて心地のいい絵だったんだよと、彦三郎はつぶやいた。

「出島《でじま》の、シーボルト先生に惚れ込まれて、シーボルトさんのためにずっと絵を描いていらっしゃるそうだ。俺は、あの人の絵が好きだ。好きなもんに似てるなら、そんなに悪かぁないのかななんて自惚れた」

「彦三郎さんの絵は、いい絵ですよ。わたしは好きです」

「はるさんのそういうところが」

彦三郎が口元に運ぶ途中の猪口を止め、照れくさそうに笑った。

「そういうところが、なんなんですか」

口を尖《とが》らせて訴えると、

「俺を弱った気持ちにさせるんだ。それで、俺も、はるさんの作る料理が好きなんだ」

と、さらりと続けた。

「え」

今度、照れるのは、はるの番だ。

かっと頬が火照《ほて》ったのは、酒だけのせいじゃない。

「見えてるもんしか描けないのが俺の絵の悪いところで——だから、俺は、他人の思い出のなかにしかない味を作ってのける、はるさんはすごいってずっと思っていたよ」

はるのことが好きじゃなく、料理が好きだと言っている。

料理が好きって言っているだけだ。

とくとくと高鳴る胸を押さえ、自分に言ってきかせる。

でも、困ったことに、はるが好きだと言われるより——料理が好きだと言われるほうが、くすぐったくて甘かった。

「なにひとつ目に見えるもんがないのに、はるさんは、ひょいっとどこかから人の思い出を掬《すく》い取って、料理を作る。それで、食べた人を元気にする。そういうのがひどくうらやましかった」

はるの亡くなった父が食べさせてくれた思い出の味だけじゃなく、もうこの世にはいない直二郎の味も、治兵衛の亡くなった妻の味も、遠い故郷の竹之内の母親の味も、と彦三郎が数えていく。

「俺は、はるさんがご飯を作ってるのを見ているうちに、見えないものも描いてみたいなって思うようになっちまった。そんなことを考えながら、岩崎先生のところで絵を描いてんだよ、俺は」

はるさんに会いたいなってたまに思いながら、ずっと絵を描いていたんだ。

「そうしたら治兵衛さんがやって来て、やいのやいのと俺をつつくわけだ。桜飯の絵を描けとか、おまえ、はるさんのことどう思ってるんだいとか、そういうことを。だから、俺は、見たこともなくて、食べたこともない、はるさんの料理の絵を描いた」

あの桜飯、と、彦三郎が指さしてから、酒を飲み干した。

仰《あお》のいた首が、空に向かって、きゅっと長くのびる。

彦三郎は空になった猪口を傍らに置いた。かたんと固い音がした。

懐に手を入れて、取りだして見せたのは、葡萄《ぶどう》が透かし彫りで細工された柘植《つげ》の櫛《くし》である。

「絵で稼いだ金で買ってきた。はるさんに似合う櫛だと思ったんだ」

男が女に櫛を贈るのは「一緒になってくれ」という意味だ。

戸惑って固まってしまったはるに、彦三郎が微笑みかける。

「花や鳥の模様より、食べられるもんのほうが、はるさんらしい。俺と一緒になってくれないか、はるさん」

いつも飄々《ひょうひょう》とした彦三郎なのに、最後の言葉は、少しだけぎこちなく、思いつめた言い方だった。そういえば、こういう人なのだ。男らしい男ではなく、大人らしい大人でもなく、ひと前で涙も見せるし、弱音も吐ける、そういう人だ。

ふわふわとしたとらえどころのない昼行灯の絵師は、けれど、はるのことをいつだって柔らかく後押ししてくれる。

「……はい」

うなずくと、彦三郎がほっと大きく息を吐く。

雲が途切れ、大きな満月が冴《さ》え冴《ざ》えと青く光る。

月は、向かい合ったまま無言になった、はると彦三郎を見下ろしていた。

第四章　気持ちをつなぐ恩返しの烏賊飯

冬が近づくと、風と水に棘《とげ》が混じりだす。

ちくちくと肌に突き刺さる冷たい水に顔をしかめ、

「……そろそろ一年」

と、はるは、つぶやいた。

紅葉で山が染まる神無月《かんなづき》半ば――まだ薄暗い早朝だ。

はるが『なずな』で料理を作りはじめて、一年が経《た》とうとしている。

いつものように襷《たすき》で袖《そで》をまとめ、前掛けをし、帯に挟んだ札入れをとんと指でたしかめ、今日はなにを作ろうかと考えた。

十三夜に作った〝かぶら蒸し〟に治兵衛はきっぱりと「残念だけど、これは、よそで食べた、かぶら蒸しに及んでないね。ちょっといい店だと海老《えび》も椎茸《しいたけ》も、うちよりもっといいものを使ってて、上品なんだ。食べるなら、よそにいく」と首を振った。

それはそれで「作っちまったんだし、出してみてごらん」というわけで見世棚《みせだな》に出したものの、しげには誉《ほ》められたが、他の客たちの手はのびないままで、二度目を作る機会を得られず日が過ぎる。

食べることが大好きな戯作者《げさくしや》の冬水も無口なままだったから、仕方ない。美味《おい》しくできたと思っていても、客の舌が「そうじゃない」というなら、それまでのこと。銭と引き替えにご飯を食べていただくことは、どこまでも難儀で――だから楽しい。

「そう。楽しいのよ」

冷えた指先に、ほうと息をかけて温める。

「秋から冬に向かって美味しいもの……栗《くり》に南京《なんきん》、さつま芋。どれもわたしの好物だし、天ぷらにしても、煮ても美味しい」

栗ご飯に南瓜粥《カボチャがゆ》、さつま芋もほっくりとご飯と炊くと甘くて美味だ。

「でも、朝ご飯をうちで食べてから働きに出るお客さんたちは、粥だと力が出ないっておっしゃるわ。それに、外で食べるならやっぱり塩辛いおかずに、炊きたての白いご飯をたんと食べたいんだろうし」

そうなってくると、朝と昼は白いご飯を出したい。

「寒いから、あたたかい汁物は外せない。今日の納豆汁は、鶏脂《とりあぶら》を足して、こってりさせよう」

算段をつけ、ちゃきちゃきと動く。野菜と浅蜊《あさり》は、みちと熊吉から買い上げた。あっというまに、見世棚に浅蜊の佃煮《つくだに》、椎茸の佃煮に、きんぴらごぼうと、みんなが好きな菜が並ぶ。

代わり映えしていないようで、夏は隠し味に酢を垂らしたり、寒くなるにつれて味を濃くしていったりと、工夫は忘れない。

毎日同じようなものを作り、毎日同じことを考えているのに、ちっとも飽きない。足踏みをしている気もしない。同じ場所で止まっているようでいて、はるは、少しずつ、階段をのぼらせてもらっているのだ。高さが違えば、見える景色が違ってくる。

「あとは魚を見て決めればいいわ」

と、また帯をとんと叩《たた》く。札入れもそうだが、いまはここに彦三郎からもらった大事な柘植《つげ》の櫛《くし》を巾着《きんちゃく》に入れてしまっている。

月見の夜に、彦三郎は「仕事が一段落ついたら、いい日を決めて祝言をあげよう」と、そう言った。

彦三郎のことだからそのまま居座るのかと思いきや、木戸が閉まる前に長屋を出て、翌朝早くに生真面目《きまじめ》な様子で店に来た。

ふたりで治兵衛がやって来るのを照れながら待ち、治兵衛が顔を出した途端に、彦

三郎は治兵衛に向かって、

「はるさんを嫁にください」

と頭を下げた。

治兵衛は目を瞬《しばた》かせて「まあ、そうか。あたしは、はるさんの江戸の父親みたいなもんだから」と納得したようにうなずいてから「だめだよ。だめだ。おまえみたいな、のらりくらりとした男に大事なはるさんを渡せるもんか」と彦三郎を一喝した。

まさか怒られるとは、思いもしなかった。

よかったねくらい言われるかと思い込んでいたので、はるは度肝を抜かれたが、彦三郎は「うへぇ。それでこそ治兵衛さんだ」と柔らかく笑った。

そうしてすぐに土間に膝《ひざ》をついて、今度は真顔になって治兵衛に頭を下げたのだ。

「俺《おれ》は、いままでとは違うんだ。はるさんをまかせても大丈夫な男って認めてもらうまで、あきらめねぇよ。ちゃんと、する」

「ちゃんとするのは、当たり前だ」

「仕事にもいく。絵を描《か》くよ。それで銭を稼いで、はるさんと所帯を持って、ふたりで幸せになる。だから、はるさんと所帯をもたせてください」

彦三郎ひとりに土下座させてはいけないと、はるも彦三郎の隣に正座をし手をついた。

「治兵衛さん、お願いします」

「待て。待ってくれ。彦の土下座は二束三文で安いもんだが、はるさんに膝をつかせるのは勘弁だ。頭をあげてくれ、はるさん」

治兵衛が珍しく狼狽《うろた》えた。

そのまますったもんだのやりとりを経て、治兵衛は「とにかく彦が、ひと仕事終えてからの話だ」と苦い顔でとりまとめた。

「仕事なんざ、やってのけて当たり前なんだよ。銭だって稼いできて当たり前だ。やっと、当たり前のことをしようと思ったってのを、自慢げに言われても苦笑いしか出てこない」

治兵衛がむっつりとして告げたら、彦三郎が殊勝な顔になった。

「それ以外に、あたしとはるさんをちっとは感心させてみてくれないと、どうにもならない。彦が優しいことも、案外、気の利く男なこともあたしは知ってる。でも、彦の気遣いは優柔不断で頼りない。他人を傷つけないようにその場その場で相手にあわせて相づちうってるだけで、後々の面倒まで見るわけじゃあない」

「わかってる。それも含めて、ちゃんとして、認めてもらうよ」

彦三郎はそれ以上の軽口は叩かなかった。いつものふたりの笑えるやりとりは続かなかった。

真剣な面持ちでそう言い、頭を下げて帰っていった。

後にのこった治兵衛がぽつりと「幸せにするじゃなくて、幸せになるっていう言い方が、あいつらしいね」と困り顔ではるを見たので、笑ってしまった。たしかにものすごく彦三郎らしいなと、はるも思ったからである。

——でもそれがいいとわたしは思ったのよ。

はるを「幸せにする」と言うのではなく「ふたりで幸せになる」と言われたのが嬉《うれ》しかったのだ。

——今日も彦三郎さんは岩崎先生のところで絵を描いているんだわ。

秋に、変わり菊をたくさん集めたと聞いたから、菊の絵を描いているのかもしれない。

幸せになれるかどうかなんて、そんなことはわからない。はるにわかるのは、自分の気持ちだけだった。遠いところでがんばっている彼を思うと、自分もまたがんばろうと思える。このまっすぐな感情が、はるにとっての恋で、真心だ。

くるくると思いを巡らせていたら、外から魚のぼてふりの声が聞こえてきた。

はるは前掛けで手を拭《ふ》いて、勝手口から外に出て、馴染《なじ》みのぼてふりの庄助を呼びとめる。以前は残りものを売りがてらゆっくりと『なずな』の前を通っていたぼてふりが、ここのところは早い時間に寄ってくれるようになった。

「おはようございます。今日はなにがおすすめかしら」

天秤棒《てんびんぼう》を地面に置いた庄助が、盥《たらい》の中味をはるに向ける。

「今日は烏賊《いか》がいいぜ」

ぴかぴかと透き通った烏賊が盥に山盛りだ。鮮やかな赤みがかった色は、活《い》きがいいしるしだ。

「そうね。秋は烏賊も美味しいんだわ。全部ちょうだい」

活きのいい烏賊の刺身は甘くて、こりこりと歯ごたえがよくて、旨《うま》い。大葉を添えて生姜醤油《しょうがじょうゆ》につけて食べると白いご飯がたらふくかき込める。そういえば今日は大根もいいのが手に入った。大根は烏賊と一緒に煮付けると柔らかくなる。烏賊わたと一緒に味醂《みりん》と醤油と酒で味付けた煮物は絶品で、わたのほろ苦さと風味が癖になる。酒のあてにもなる一品だ。

「烏賊は刺身にするのかい」

「はい。それから烏賊わたごと、大根と煮付けます。烏賊飯も作ろうかしら」

夕方の客には、煮付けをすすめよう。烏賊飯は、まだ出したことがないけれど、稲荷笹寿司《いなりささずし》の隣に並べて置いてみたらどうだろうと思いつく。

「烏賊飯もいいねえ。刺身で食える烏賊を細く切って、それを炊きたてのご飯にのっけて海苔《のり》と生姜のすりおろしに、旨い出汁《だし》をぶっかけて……」

庄助の言葉に、はるの口元がほころんだ。

「その烏賊飯も美味しいですよね。でも、わたしの烏賊飯は違うんです。烏賊のなかにご飯と糯米《もち》を詰めて煮付けるんです。丸ごと、ごろっと煮付けて、できあがったのは輪切りにしてお出しします。亡くなった父がたまに作ってくれました」

「あんたは本当に変わった料理をよく知ってるなあ。想像がつかねぇや。煮るってなんだい。旨いのかい」

目を丸くした庄助に、はるは笑顔で「美味しいんですよ」と請け合った。

馴染みの味とは別なもの。今日はこれを作ってみよう。同じことをしているようで、こうやって、次から次へと、新しいこともしたくなる。やってのけたうえで、訪れる客に吟味をしてもらう。

毎日毎日が試しどきで、勝負どころであった。

さて、とはるは、板場で、盥の烏賊を眺めた。

はるの稲荷笹寿司は、糯米と米を混ぜあわせた酢飯だ。笹寿司は、みちと熊吉が売り歩いてくれるおかげで、評判もよく、毎日、土鍋《どなべ》で笹寿司用の米を炊いている。寒くなったいまは、朝のうちに米を炊いて酢飯にし、笹で包んで、押し寿司にして翌日に売っている。

「笹寿司用に炊くご飯から少しだけ取り分けて、烏賊飯にしてみよう」

たっぷりと水を含ませた米を烏賊飯用に取り分けて、置いた。

その後は、笹寿司のご飯と、普通の白米の土鍋を同時に火にかけて、加減を横目で睨《にら》みながら、烏賊を一杯、手に取った。

烏賊の胴体のなかに指を入れ、胴体とげそがつながっている部分をそうっと外す。わたごとゆっくりと引き抜いて、胴体に残った透き通った細長い骨を引き抜く。

わたには、墨袋がついている。つぶしてしまうと、黒い墨が飛ぶ。墨は墨で、風味があって使い道がある。引き剝《は》がして、わたと別な場所に置く。

どこもかしこも食べ甲斐《がい》のある烏賊だが、目玉だけは、料理の使い方がわからない。いつもどうにかしようと試みるけれど、いまだに美味しく食べられないから、目玉は水のなかにひたしてきゅっとちぎる。

げそは吸盤をしごくようにして水で洗う。これをおこたると、口のなかで吸盤が嫌な感じで主張する。ついでに、包丁で軽く叩いておく。嘴《くちばし》のまわりを手で探りあて、これもまた手で摘まんで、丸く外す。

この嘴のまわりのことを、父は「烏賊とんび」とそう言っていた。はるの父は、烏賊とんびの固い嘴を取り外して、塩辛を作っていた。固くもないが、身ほどには柔らかくない食感と、烏賊の磯の香りがぎゅっと凝縮した珍味であった。

「でも、手間のわりには少ししか作れない。お客さまにお出しする料理ではないわね」

とはいえ捨てるのはもったいない。自分たちが食べる用に、取っておいて、塩を振って麴《こうじ》と一緒に壺《つぼ》に漬けた。これで、時間が経てば美味しい塩辛になる。

甘い匂《にお》いがして米が炊き上がる。蒸らしに時間をかけて、そのあいだも烏賊をさばき続ける。

準備に夢中になっていると、治兵衛が勝手口から顔を覗《のぞ》かせた。

「おはようございます。治兵衛さん。今日は烏賊刺しに烏賊と大根のわた煮と、あと、普通の烏賊飯に、わたしだけの烏賊飯を作ろうと思うんです。わたしだけの烏賊飯の味見をしていただけますか」

入った途端にそうまくしたてると、治兵衛が眉間《みけん》にしわを寄せた渋面になる。

「江戸の烏賊飯は、ご飯に烏賊の刺身と薬味をのせて、あつあつの出汁をかけて食べるもんだ。はるさんだけの烏賊飯ってのは、どういう食べ物なんだい」

「煮るんです」

煮るって、と治兵衛が首を傾《かし》げる。

「美味しくないのは、だせないよ。まずは味見をしてからだ。それに普通の烏賊飯もちゃんと出してもらうよ」

「はい」

「かぶら蒸しみたいに、先に、たんと作り置きをするのは、よしとくれ。それをされると、作ったぶんは売ってみなさいと言うしかなくなるからね」

「はい」

「寒いからみんな刺身じゃあなく、熱いもんを食べたがるだろう。お腹《なか》んなかをぬくくしたいからね。はるさんの準備ができているなら、とっとと店を開けようか。どうだい。ご飯は炊けたのかい」

治兵衛が見世棚を見てから、はるに聞く。

「はい」

「じゃあ、いますぐお客さんがいらしても大丈夫だね。よし」

治兵衛が暖簾《のれん》を外に出した。

開店だ。

すぐに客が暖簾を捲《めく》る。

「いらっしゃいませ」

はると治兵衛の声が重なる。

「今日はいつもより早く開けてくれてんだな。一回寄りたいと思ってたんだが、毎朝、暖簾が出てなくて歯がみしてたんだ。ありがてぇ」

はじめての客はたんたんと足踏みをしながら首をのばして見世棚を見た。

「今日は烏賊刺しの美味しいのが出せますよ」

はるの言葉に、

「刺身って気分でもねぇなあ。ぬくいもんが食いたいんだ」

と、客が返す。

「あったかい出汁もありますから、出汁もおつけしましょうか。丼《どんぶり》の半分は烏賊刺しとご飯で、残りは、烏賊を載せて出汁をかけて薬味をのっけて烏賊飯でいけますよ」

治兵衛が応じると客はぽんっと手を打った。

「それがいい。それからこの稲荷笹寿司ってのをひとつ包んでくんな。めっぽう旨いって聞いてるぜ。小腹が空いたら食べるんだ」

できればここで「うちだけの特別な烏賊飯もあるんです」と続けたいところだったが、まだ、はるの烏賊飯はできていない。もっと早くに用意をするべきだった。

すぐにまた暖簾が揺れた。

入ってきたのは、ここのところ毎朝かよってくれる働き盛りの三十路《みそじ》の鳶《とび》職人だ。

「いらっしゃいませ。今日は烏賊のお刺身がありますよ。あつあつの出汁もある。烏賊刺しをのっけて汁をかけてざざっと食べる烏賊飯が旨い」

治兵衛の言葉に男は「いいね。それとお香々《こうこ》」と返し、床几《しょうぎ》に座る。

「はい」

はるは急いで、烏賊の胴体の皮を剝《む》く。ぬめりがあって、つるつると滑るから、清潔な布巾《ふきん》を用意して、皮の端をつかんで引っ張っていく。綺麗《きれい》に剝《は》ぎ取れると気持ちがいい。白く光る烏賊を細く切って、生姜と大葉を添えて皿に盛り付ける。

小鍋に出汁をとってあたためると、治兵衛が丼にご飯をよそって待っていた。以前は、治兵衛は酒の番しかしなかったのだけれど、最近は手早く膳《ぜん》を整えて運ぶところまでやってくれる。

次から次へと客が来て、入ってくる客たちは、食べている客を見て「あれと同じのをくんな」と指さした。

みんなが烏賊刺しと出汁を頼んで手早く食べて去っていく。

無言でご飯をかき込む箸《はし》と茶碗《ちゃわん》の音が耳に心地よかった。

仕事に出かける前に立ち寄る客の賑《にぎ》わいが一段落したのは、昼四つ（午前十時）。

弁当を売りさばいたみちが戻ってきて、たまった洗い物を見て「手伝うよ。おはるちゃんは、昼の客のための料理をするんだろ」と器を洗いだす。

「ありがとう、おみっちゃん」

みちは「いいってことよ。こういうのは、持ちつ持たれつっていうやつだから」と笑って言った。

「持ってもらってばっかりで、わたし、おみっちゃんのことを持った例《ため》しがないわ」

「そんなことないよ。福寿草《ふくじゅそう》の鉢を買ってもらってからずっと、おはるちゃんはあたしが抱えてる荷物をちょっとだけ運んでってくれる。少しは恩返しさせとくれ」

「そんなことないわ」

恩返しをしなければならないのは、はるだった。まわりのみんなに助けられてここまできたのだ。そう言おうとしたのに、途中でみちがぴしゃりと遮る。

「ほら、あんた、料理以外のことに頭を使おうとすると手が止まる。いいから、とっとと料理しな」

「すみません」

しゅんとしたら、治兵衛とみちが顔を見合わせて「本当に、はるさんは」「あやまり癖がなかなか直りゃしないんだ」と、笑いだした。

もう一度あやまりかけて、いやそれはよくないと口をつぐみ「ありがとう」とだけ言って、手を動かす。

自分は本当に恵まれていると、それだけを思って、烏賊と大根の煮物を作る。

胴体とげそを食べやすく切り、大根の皮を剥く。切った大根はさっと水に放って灰汁《あく》をとり、烏賊と一緒に味醂と醤油で甘からく煮込む。ふつふつと煮立ち、しょっぱい匂いがしてきたら、わたをしごいて煮汁に絞る。落とし蓋《ぶた》をして大根が柔らかくなるまで、焦げつかないように気をつけてほうっておく。煮物を作る鍋から、ことことと、優しい音がする。

そうしながら今度は烏賊の胴体のなかを綺麗に洗う。げそを細かく切って、米とさっくりと混ぜあわせて、胴体のなかに詰めていく。詰め口は、串《くし》で、縫い留めるようにふさぎ、甘辛く味をつけた煮汁のなかに滑り込ませて、ふくふくと煮詰める。

もちもちとしたご飯に烏賊の味が染みこんで、たまらなく美味しい。食べ応《ごた》えがあり、ひとつ食べると、お腹がいっぱいになるというご馳走《ちそう》だ。

「なんだい。またおもしろいもんを作ってんだね」

ちらちらとはるの手元を見ながら、みちが言う。

「ええ。これは、わたしのおとっつぁんの烏賊飯なんです」

「あんたのおとっつぁんは変わった烏賊飯も作ってたのかい。本当に料理が好きだったんだね」

みちが素《す》っ頓狂《とんきょう》な声をあげた。

「はい。烏賊が手に入ると、米を詰めて、甘辛く煮付けて出してくれて……。だから、わたしにとっての烏賊飯っていうと、これなんです」

父が生きているときに店で烏賊飯を食べたら、はるの知っているのとはまったく違う烏賊飯が出てきて驚いたことも覚えている。烏賊の刺身を薬味と共にご飯に載せて、出汁をかける烏賊飯も、もちろん美味しかった。でも、はるは「これじゃあないな」

とそう思った。

兄もまた、はると同様で「おとっつぁんの烏賊飯のほうがおいらは好きだな」と、後になって何度も言った。父は「そうかい。実は、おとっつぁんもそうなんだ。烏賊飯は、米をなかに詰めて炊いたのがいちばん旨い」と、うなずいていた。

だから、米を閉じ込めて煮染《にし》められた丸い輪切りの烏賊飯が、はるにとっての烏賊飯だ。

話していると、父に教わって、兄とふたりで、小さな手で烏賊の胴体に糯米を詰めたときの古い記憶が蘇《よみがえ》る。

「こうやって米を詰め込むのが遊びみたいで楽しくて、それでわたしと兄は、烏賊飯のときは張り切って手伝ったから作り方をよく覚えてます」

欲張ってたくさん詰め込むと煮ている途中で胴体が破裂して、悲しい見た目になってしまう。そうたしなめられても、食いしん坊な幼いはるは、どうしても米を減らせずに、米で烏賊をぱんぱんにした。

串の綴《と》じ方におのおので細工をし、誰《だれ》が作ったものかがわかるようにしたのは、兄の提案だった。自分の作ったものを食べたいと兄が言い、はるも「そうしよう」と意気込んで、串を何本も重ねて打ち込んだ。

そうして煮上がった烏賊飯は、はるの作ったものだけが、なかみの米が膨れて破裂していたのである。弾《はじ》けた切れ目から米がばらりと零れ落ち、見劣りがする姿になったのを見て、はるは無言で唇を嚙《か》みしめた。

「わたし、食い意地が張っているから米をたくさん入れたんです。煮てるあいだに膨れ過ぎて烏賊が破れてしまって、わたしの烏賊飯だけ、ぼろぼろになってたんですよ」

いまは笑い話だ。でもそのときのはるは、落ち込んだ。

涙ぐむはるに、父が自分の作った烏賊飯を差しだした。兄は「弾けた烏賊のほうが、元気がよくて旨そうだ。おいらはそっちが食べたいや」と言い、鍋から、はるの烏賊飯を掬《すく》い上げて、輪切りにもせず、そのまま囓《かじ》りついた。

「おとっつぁんは〝口んなかに入れたら同じだ。旨い〟って笑ってたけど、わたしはとにかく悲しくて、悔しくて、それからは烏賊飯に入れる米は少なくしようって気をつけるようになりました。そうしたらそれを、おとっつぁんが褒めてくれたんですよね」

はるは、間違うことが上手だねえ。

いっぺん失敗したら、次は工夫してみるってことが、わかってる。それを教わらなくても自分でやれるのが、はるのいいところだ。

それに、食べて美味しいだけじゃなく、見た目も綺麗なほうがいいってことをわかってる。たいしたもんだ。

「はるは間違うのが上手だって言って、料理が上手だって褒めてくれて、それで、わたし、料理が好きになったんだわ。いまのいままで、忘れてた」

烏賊飯が、料理を作ることに興味を持ったきっかけだったのだ。

「すごいおとっつぁんだったんだねえ。褒め方が、うまいや」

みちの相づちに、はるは「はい」と笑顔になる。

烏賊と大根のわた煮ができあがり、次は、烏賊のなかに米を詰め、串で綴じる。出汁をはった鍋底に、するりと、仕上げた烏賊を滑り込ませる。くつくつと煮立て、砂糖と醤油を、味見しながら味つけていく。細い火で、焦げ付かないように見張っていると、ぷぅんとしょっぱい湯気があたりに満ちていく。

四半刻《しはんとき》（約三十分）くらい煮つめると、米を抱いた烏賊がふっくらと丸くなる。

頃合いを見計らい、はるは、鍋をおろして、烏賊飯をひとつ箸で掬い上げ、包丁を入れた。割られた烏賊飯から、もわりと湯気が立つ。

「はい。どうぞ。治兵衛さん、おみっちゃん。食べてください」

皿に、輪切りの烏賊飯を二きれずつ置いて、治兵衛とみちに手渡す。治兵衛が先に箸をつけた。はるが固唾《かたず》を飲んで見つめると、治兵衛の眉間のしわがぎゅっと深くなった。なにも言わずに嚙みしめて、治兵衛は天井を見あげ「こりゃあ」と、言った。

その後の言葉を待っているあいだに、みちも烏賊飯をつまんで食べる。

「美味しい。おはるちゃん、これ、美味しいよ。烏賊も柔らかく炊けてて、そこに、もっちもちの米に、烏賊と美味しい味が染みこんでる。口んなかにみっしりと、美味しいもんを詰め込まれた感じだ」

明るい声で太鼓判を押してくれて、はるはほっと息をつく。

でも肝心なのは治兵衛の意見だ。はるが治兵衛の顔を見ると、治兵衛はぎろりとはるを睨みつけ、

「……うん。こりゃあ、旨い」

と、そう言った。

「はるさん、この烏賊飯は料亭じゃあ出ない食べ物だ。糯米だからか、食べ応えもある。みんなが好きな、茶色い見た目の味が濃いおかずで、酒のつまみにもなりそうだ。なにがいいって米と烏賊と調味料で作れるのがいい。これならうちの店で出しても、

売れるだろう」

「ありがとうございます。残りの烏賊はみんなこの烏賊飯にしていいですか」

はるが跳ねた声で返すと、みちが「張り切りすぎだよ」と大声で笑った。


誰も彼もが寒そうに両手をすりあわせて暖簾をくぐる。戸を開ける度に冷たい風が客と一緒に店のなかに吹き込んでくる。

訪れる客が途切れないせいで、みちはずっと店に残ってはるたちを手伝ってくれていた。

治兵衛と相談し、今日、売れ残っても、明日も食べられるからと、はるの烏賊飯は五十杯作った。そうは言ってもできるものなら今日中に売り切ってしまいたい。

「うちだけの特別の烏賊飯がありますよ」

みちが言うと、客たちは「特別のってどういうのだい」と聞き返す。

「よそでは出てこない変わってて美味しい烏賊飯です。酒のつまみにもいいし、ご飯にして食べてもいい。あたしは普段はここの稲荷笹寿司を売り歩いてるんですけど、次は、この、烏賊飯を経木に包んで弁当にして売って歩かせてもらおうって、頼み込んでいるところです」

「へえ」

「どう美味しいかは食べなきゃわからない。あたしが口で説明するより、とっと食べてもらいたいってそういう味です。しかもこれはね、酒にもあう。食べなきゃ損で、食べたらお得。今日はお試しで、二きれから食べられますよ」

早口でぽんぽんと話すみちの勢いに、客がつられて「じゃあ、それをくれ。二きれ。あと酒を燗《かん》で」と頼む。

「はいよ。おはるちゃん、烏賊飯二きれ。厚めに切ってあげてちょうだいよ。治兵衛さん、お酒を燗でね」

みちの口上の巧みさに、さすがの治兵衛も「あいつは口の天才だね」と感心していた。

迷う客には無理強いせずに、

「烏賊飯だけじゃなく、烏賊と大根のわた煮も美味しいよ。お酒と一緒に頼むと吉って、そこの浅草寺《せんそうじ》のお神籤《みくじ》に書いてあったよ」

と、別なものを薦めるのだ。

「神籤にそんなこと書いてあるわけねぇだろう」

ぷはっと客が噴きだすと、みちがぺろりと舌を出し「いけない。嘘《うそ》がばれた」と肩をすくめた。

「烏賊の気分じゃあないってぇなら、納豆汁があるよ。こう寒くなってくると、口んなかとお腹をあたためたくなるもんだよね。ここの納豆汁は、よそよりずっとあったかいんだ。これはね、嘘じゃない。なずなのこってり納豆汁っていったら、花川戸では有名なんだ」

「じゃあ納豆汁とご飯にきんぴらごぼうだ」

「はい。おはるちゃん、納豆汁ときんぴらだ」

はるは納豆汁とご飯をよそう。治兵衛が見世棚からきんぴらを取り分ける。みちが運ぶと、今度はまた次の客がやって来る。

心地よい忙しさのなかで昼が過ぎ、気づけば夕七つ（午後四時）の鐘が鳴る。

混み合う時間の狭間《はざま》に客足が途絶える凪《なぎ》の時間がやって来る。

しんとなった店のなかで、はるは、見世棚に残ったおかずの量を確認する。烏賊と大根のわた煮はまだ残っている。納豆汁は夜までもちそうだが、ご飯はもう一回炊くべきか微妙なところだ。『なずな』は、夕暮れからは酒を飲んで長居する客が多くなる。

烏賊飯の残りも確認する。あんなにたくさんあったのに残りの烏賊飯はあと三杯だけだ。

「売れたねえ」

「はい。売れました。おみっちゃんのおかげだわ」

「なに言ってるのよ。あたしがどれだけ口が上手《うま》くても、まずいもの出したら、叱《しか》られて終わりだよ。誰も文句も言わずに、旨い旨いって食べてったんだから、自信もちなよ。おはるちゃん」

三人それぞれにそう言って、顔を見合わせていたところで、戸が開いた。

全員が「いらっしゃいませ」と声をあげて、入り口を見る。

――彦三郎さん。

入ってきたのは、彦三郎であった。

背中に風呂敷《ふろしき》包みを背負い、みんなに見つめられて目を瞬かせて立っている。

一番先に声を発したのは、治兵衛であった。彦三郎をぎろりと睨みつけ、

「彦、おまえなんでまた、うちに来たんだ。もしかして仕事が嫌になってまた逃げだしてきたんじゃないだろうね」

と、一喝する。

彦三郎は思わずというような笑顔になって「いやあ、俺は本当に信用がないんだなあ」と、つるりと顔を撫《な》でた。

「彦っ」

「俺もそこまで馬鹿じゃあない。逃げるなら、治兵衛さんの目の届かないところに逃げるよ。今日は、岩崎先生に言われて、前に描いた俺の絵を取りに家に戻って、そのついでに寄ったんだ。はるさんに求婚したけど、治兵衛さんに断られたって話は岩崎先生にも伝えてるから、出かけるついでに、ふたりの顔を見ておいでって……。岩崎先生は、治兵衛さんみたいに頑固なところがあって〝出かけてこい〟って言うなら、出かけないとならないんだ。帰ったら、機嫌が悪くなる」

みちには、彦三郎との顚末《てんまつ》は伝えている。

みちは、半分くらい喜んで、半分くらい呆《あき》れていた。

「あんた、年上の男を手のひらで転がすのが上手いねえ。治兵衛さんの次は、学者先生かい」

みちがつぶやき、彦三郎が「それほどでもないよ」と頭を掻《か》いた。

「褒めてないよ。とっととそこの小上がりに座りな。なんか食べてくんだろ。今日は、おはるちゃんの烏賊飯がおすすめだ。おはるちゃんが料理が好きになるきっかけになった料理だよ」

「そうなのかい。じゃあそれを食べないと帰れないな。ひとつ、おくれよ」

はるは「はい」と、烏賊飯を切って、皿に盛る。みちに運んでもらおうとしたのに、みちはそっぽを向いている。

「おみっちゃん……」

「なにやってんだよ。あんたが運びなよ。あと、忙しくて、おはるちゃんご飯食べてないだろ。前掛けと襷をはずして、彦三郎とご飯を食べなよ。あれこれ文句は聞かないよ。あたしは気を利かせてやってんだから」

みちは手早くはるの前掛けと襷をほどいた。治兵衛を見ると、治兵衛は天井を見あげ「仕方ないね。烏賊飯の絵を描いてもらいな。筆も絵の具も紙も店に置いてあるんだろ」と、大きな声でそう言った。

みちに「ほら」と押しだされ、はるは切らずに丸ごとの烏賊飯と、切った二きれを載せた皿を手にして小上がりに進んだ。意識しないでいるのが難しい。いままではるは、どういう顔をして彦三郎と話していたんだったっけと思いだそうとする。

しかし、彦三郎は拍子抜けするくらい普通の顔だ。

「へえ。これが、はるさんの烏賊飯かい。変わってるなあ」

怪訝《けげん》そうに皿を持ち上げ、しげしげと眺めている。

「はい。おとっつぁんが作ってくれた烏賊飯で——お兄ちゃんもわたしも大好きだった烏賊飯です。変わっているけど、美味しいんです。食べてください。わたしの思い出の味なんです」

はるが言うと、彦三郎が「はるさんの兄さんと、はるさんの好物か」と柔らかくうなずいた。

「絵を描く前に食べてもいいかい。お腹がすいているんだ」

ひょうひょうとそう言うから、ひとりでどぎまぎしていた自分が逆に恥ずかしくなる。別にいままでどおりでいいんだ。彦三郎は彦三郎で、はるははるだ。

「もちろんです。どうぞ」

「いただきます」

ぱくりとつまんで「お。旨い」と目を丸くした。

美味しいと言ってもらえるのが、なによりのご褒美だと思いながら、はるは彦三郎のために紙と絵筆を用意した。

絵を描く道具を渡すと「はるさんも、こっちに来て座ったら。ふたりでここにいないと、おみっちゃんが怒りだす」と彦三郎が笑う。

「はい」

膝《ひざ》をついて向かいに座ると、彦三郎は紙を広げて、そこにさらさらと烏賊飯の絵を描いていく。少し赤みがかかった茶色の烏賊は、なかに米を詰めてころんと太っている。輪切りにした烏賊飯が二きれ、横に添えられている。誰にも聞かず『まんまるいか飯』と文字を書き、

「これでいいかい。違う名前がついてたかい」

と、はるの顔を覗《のぞ》き込んだ。

——顔が近い。

「あの……治兵衛さん。これでいいですか」

頬を赤くして治兵衛を呼ぶと「いいんじゃないか。まんまるで」と治兵衛がさっき同様、あらぬ方角を睨んで返した。目をあわせないで見過ごすのが、治兵衛の気の利かせ方というものらしい。

みちのこれみよがしの気配りと、治兵衛のそれは、どっちもどっちで、はるにはやけに恥ずかしい。

もっと自然にして欲しいと思ったけれど、なにが自然なのかも、はるにはよくわからなくなっている。

「おしのびでさ、長崎から絵師が来てるんだ。はるさんには話したよな。川原慶賀っていう町絵師だ。絵を見せてもらったときに、すごく年上だと思い込んでたのに、会ってみたら、そんなに年が違わなくてさ。三十九歳だった」

しかも、俺よりずっと悪い男なんだと彦三郎が声を潜めた。

「二回くらい牢屋《ろうや》に入っているんだってさ」

「……なにをやったんですか」

「さあ、なんだろうなあ。まあ、いろいろとあるらしい。おしのびで江戸に来るっていうんだから、しのばないとならない理由があるってことだろう。とにかくちょっと不思議で無口な人だ。あまり自分のことは言わない」

でも、あの人の描いた絵はよくしゃべる、と彦三郎が自分の描いた烏賊飯の絵を見下ろす。

「俺と同じで、見たものを見たまんま描く人だ。俺よりずっと細かく丁寧な筆遣いで、俺はどうがんばってもあの人に追いつけないな……」

「そんなことないですよ。追いつけないなんて」

はるが思わずそう返すと「いや、別に追いつかなくてもいいんだよ。俺は、俺。あの人は、あの人で」と、彦三郎が微笑む。

彦三郎の脇《わき》に背負っていた風呂敷が置いてある。手元に引き寄せ風呂敷を開く。

なかに入っていたのは何枚もの絵であった。

ばらりと一枚、絵を広げる。

「寅吉兄ちゃん。これは彦三郎さんの描いた絵ですよね」

はるの唇から言葉が零れ落ちた。

描かれているのは、はるの兄の姿である。黒一色の線画だ。さまざまな角度から描かれた兄の顔は、どれも険しい表情で、ほの暗いけれど、色っぽい。

「うん。俺の絵だって、わかるかい」

「はい」

「これはね、はるさんが、絵をなくしたってしょんぼりしてたから、新しいのを描いたときの習作だ。描こうと決めてから、実は、家で何枚も試し描きをしたんだよ。おかしなものは渡したくなかったから」

暢気《のんき》にさらさらと描いたふうでいて、裏ではきちんと練習していたのか。それをずっと黙っていられなくて、ここで話してしまうような彦三郎が好きなんだなあと、はるは小さく笑ってしまう。かっこういい男には絶対になれない、駄目な人。

「はるさん、本当に、はるさんの兄さんはこういう顔の大人になっているって自信はあるかい」

彦三郎は考え込むようにして、はるに聞く。

「ありますとも。わたしが思い描いた、大きくなった寅吉兄さん、そのまんまの顔ですよ」

「そうか。じゃあ、こっちの絵」

次に捲《めく》って出てきたのは、女性の絵だ。

描かれているのは、一膳飯屋の店内だ。厨と見世棚、小上がりがあって、床几がある。

おそらくこれは朝の光景だ。店のなかはぼんやりと薄暗く、四方は影になって沈んでいる。薄く開いた勝手口の向こうに夜明け前の闇《やみ》が、薄く、縦長に覗く。

鍋がかけられた竈《かまど》で燃える火は、勢いがよく、鮮やかに赤い。

竈の前に前掛けをつけて襷がけをした地味な着物姿の女が立っている。鍋の蓋に手を添えて、幸せそうに微笑む女の頬を竈の火が照らしている。

湯気の匂いが絵から立ち上ってくるようで、鍋の様子を見る女のまわりは、光をまぶしたかのようにぼんやりと明るい。

不思議な絵であった。

絵の技法は、はるにはよくわからないが、手前に描かれているものは近く、奥に描かれているものは遠い。

女から離れた場所は黒々とした闇がわだかまっている。けれど女と竈のまわりは炎の赤と光を含んだ白の絵の具で彩色されていて輝いて見えた。

彼女は、外の夜明けより早く、箸と鍋とで店のなかにお日様を取り込んで、ひとりで勝手に朝をはじめている。

「はるさんを描いたんだ」

「これ、わたしなんですか……」

自分はこんなに幸せそうな顔で料理をしているのかと、はるは思う。

いつのまにか治兵衛とみちが小上がりのまわりに近寄って、彦三郎の絵を検分している。知らない顔をしてみせながらずっと聞き耳を立てていたのだ。といっても狭い店なので、まわりに聞かれないで会話なんてできやしないのだけれど。

「綺麗な絵だねえ。おはるちゃんのまわりだけ、光ってる」

みちが言った。

「うん。俺には、はるさんが、こう見えたんだ。俺の描いたはるさんは、ちゃんと、はるさんになっているかい」

「なってるよ。これは、はるさんだ。ひとりで料理してるときの、はるさんだ」

治兵衛が応じる。

「そうか。じゃあ、そういうことか」

「そういうことってなんなんだい」

治兵衛が問うと「言わせないでくれよ、そこは、ほら」と彦三郎がくすりと笑った。

小憎らしい笑い方だったからか、治兵衛が「そういうごまかしはあたしは嫌いだよ。惚れてるからこういう絵になったんだとか、そういうのは口にしろ」と叱りつけた。

「まあ、はい。うん。惚れてるから描けた絵だ」

と、彦三郎がまっすぐにはるを見た。

ちゃんと正面から受け止めないとならないのに、はるは頬が火照って、うつむいてしまう。絵で話してくれるなら、それだけで充分だ。はるだって、口べたがすぎて、なにか言いたいと美味しい食べ物でごまかすような、そんな女なんだから。

どっちもどっちで——似合いのふたりということなんだろう。

「この絵をね、見せてくれって、川原慶賀さんと一緒に出島からいらした人に言われて、家に取りに戻ったんだ」

その人もおしのびだから、あんまり外を出歩けないんだそうだ、と彦三郎が困り顔でつぶやく。

「はるさん、今夜、もう一回、店を閉めたあとで、寄らせてもらってもいいかな。そんときに食べるぶん、烏賊飯、一杯残しておいておくれよ」

彦三郎が身を乗りだして、はるに顔を近づけて、ひっそりと言った。

「え」

「はるさんひとりで待っていて欲しいんだ」

「彦三郎っ。おまえ、あたしの目の前でぬけぬけとっ」

「……泊まらないで帰るし、悪いことはしないよ。悪いことをするつもりならこんなに堂々と頼むもんか」

治兵衛が振り上げた手に向かって、彦三郎は頭を差しだす。しかし、治兵衛が叩くより先に、みちのげんこつが彦三郎の頭に振り落とされた。ごつんとすごい音がして彦三郎は「痛い」と頭を抱えた。

「馬鹿だね、あんた。堂々とすりゃあいいってもんじゃあないんだよ。そういうのは、こっそり伝えるもんだ。女の気持ちが、わかってないね。ちょっとは悪いこともしてもらいたいんだ。このすっとこどっこい」

みちの怒鳴り声に、はるの頭がかっと熱くなる。

「ちょっと……おみっちゃん」

はるだけではなく、治兵衛の顔も赤くなった。

言われた彦三郎は頭を撫でながら、弱った顔で「なるほどなあ」とうめいている。

――なるほどなあ、じゃないわよ。もう。

言葉が見つからず、否定もできず、かといって「そうよ」と相づちを打てるわけでもなく、はるは無言で彦三郎の前の烏賊飯の皿を取りあげて、板場に向かう。

「俺の烏賊飯……」

情けない顔のまま彦三郎がそう言って、

「夜に食べに来るんですよね。取り置いておきます」

はるは小声でそう返す。

「ご飯、夜までもたないかもしれないですね。炊きますね」

どうしようかと水に浸しておいた米を火にかける。

彦三郎の顔を見返せない。

ちょうどよく、客が戸を開けた。暖簾が揺れて、はるは助かったと思いながら「いらっしゃいませ」と大きな声を出したのであった。

馴染みの客が夕方になって酒を飲みに集い、彦三郎のための烏賊飯一杯を残して、あとはすべて完売だ。まんまる烏賊飯を食べた戯作者の冬水も気に入ってくれて「また作るといい」と言い置いて去っていった。

新しい『なずな』の名物料理ができたと、はるはほっと胸をなで下ろした。

そんなふうに忙しく過ごして夜になる。

治兵衛は、みちにうながされて帰っていき、はるは店にひとりきりだ。

大事にしている柘植の櫛を取り出して撫でてみたり、烏賊飯の皿を持ってうろうろとしたり、はるは、黙って座っていられない。

——こんなことなら、いっそ、治兵衛さんにいてもらってよかったんだわ。

いつになったら彦三郎は来るのかと、やきもきしながら夜四つ（午後十時）の鐘を聞いた。このままでは木戸が閉まってしまう。あんな思わせぶりなことを言っておきながら、もしかしたら彦三郎は来ないのかもと肩を落としかけた、そのときだった。

とんとん、と、戸を叩く音がした。

「はるさん、いるかい。いいかな」

彦三郎だ。

ほつれた髪を撫でつけてから「はい」と勝手口の戸を開けたはるは、そこで動きを止めて固まった。

切れ長の双眸《そうぼう》にとおった鼻筋。すっきりとした、役者のような色男がはるの目の前に立っている。

「……兄ちゃん」

声が零れた。

「はるさん、話は後だ。先になかに入れてくれ。この人は、絵師の慶賀さんと一緒にシーボルトさんのところから、おしのびで江戸に来てるんだ」

彦三郎の手にした提灯《ちょうちん》の明かりがゆらりと揺れている。押し込むようにして男を先に入れ、

「取り置いてもらった烏賊飯を食べさせてやってくれないか。俺は、外で待ってるからさ。ふたりで話しな」

と、口早にそう言って、彦三郎は店の外に出ていった。

驚いたのと、嬉しいのとがない交ぜだ。頭のなかでは「兄ちゃんだ。寅吉兄ちゃんだ」という言葉がずっとくり返される。

「寅吉兄ちゃん……ですよね。兄ちゃん……ずっと会いたくて」

そう口にしたら嗚咽《おえつ》が漏れた。ひくっひくっと喉《のど》が鳴り、まぶたの裏と鼻の奥がじゅわっと熱く、痛くなる。

泣きたいわけではなかったのに涙が溢れて止まらない。転がり落ちる涙を手で拭《ぬぐ》い、はるは、目の前の男の着物をそっと掴《つか》んだ。触れたら消えてなくなりそうで、それが怖くて、抱きつけない。本当に目の前にいるんだろうか。夢じゃないだろうか。

「違う。俺はそんな名前じゃあねぇ」

そう言う男の声は、はるの知っている兄の声とは少し違う。当たり前だ。はるが別れたときの寅吉は、子どもから大人に向かう端境期《はざかいき》だった。声変わりをする前の兄のことしか、自分は知らなかったのだ。

けれど男は、はるが摑んだ指を振り払わなかった。はるの手の上に手を重ね、告げる。

「彦三郎っていうあの絵師に、ここに来てくれないかって頼まれてそれで来ただけだ。あんたの烏賊飯を、食べさせてくれねぇか」

烏賊飯を、と、はるは口のなかでくり返す。

「泣くんじゃねぇよ。俺はあんたの兄ちゃんじゃあないが、この烏賊飯が好物なんだ。俺にとっても思い出の味だ」

湿った、優しい声音だった。

はるを見返す目がわずかに潤んでいる。

「この烏賊飯が思い出の味なんて。やっぱりあなたは兄ちゃんじゃないですか」

指先に力を込める。男の腕にはるの爪《つめ》が食い込む。

男はまっすぐにはるを見て「違うよ」ときっぱりと告げた。

おかしなことに、はるはその瞬間に、彼が寅吉であることを確信した。

嘘をつくとき、寅吉は絶対に目をそらさないのだ。子どものときからずっとそうだった。

――兄ちゃんの嘘はいつも誰かを守るため。

寅吉はやんちゃで、過ぎた悪戯《いたずら》も多かった。しかし彼は自分のためだけに悪さをしたことはないのであった。食べ物を盗んできたこともあった。けれどそれは、自分のひもじさではなく、はるのひもじさをどうにかしてやりたいがゆえだった。

寅吉は、誰かを守るときにだけ、濁りのない目で、きっちりと嘘を突き通す。

そういう兄だった。

「……嘘ばっかり」

兄ちゃんは昔から覚悟を決めて嘘をつくんだから、と続けても、寅吉は目をそらさない。

　はるは、兄の腕から手を離す。

「烏賊飯だけでいいんですか」

と、聞くと「じゃあ、酒を少しだけ。冷やでいい」と返事があった。

　大人の声だった。

　――兄ちゃんはもう大人で、わたしも「娘っこ」なんかじゃあないんだ。

「小上がりに座ってください。すぐに用意して持っていきますから」

　はるは、残しておいた烏賊飯を包丁で切る。ころりと丸い輪切りにしたそれを箸で整えた。徳利《とっくり》に酒を注《つ》ぎ、お猪口《ちょこ》と一緒に盆に載せて運ぶ。

　あぐらをかいて座る寅吉の顔をしげしげと見る。

　兄は烏賊飯を頬張ると、天井を見て「うめぇなあ」と言った。

「懐かしい味ですか」

「覚えてるのとおんなじ味だ。もう二度と食うことないと思ってた。思いがけないご馳走《ちそう》だ」

　わずかに口元がほころんだ。その笑顔が、はるの記憶のなかの兄の姿と重なった。

　胸の奥が熱くなる。

「この店、流行《はや》ってるんだってな。彦三郎さんにそう聞いた」

兄は店内を見渡して、そう言った。

「はい」

「あいつは、すごく、しつこい男だな。それになんていうか……憎めないし、弱いところをついてくる。あの人の描いた、あんだの絵を見せてもらったよ。あれはなんていうか……いい絵だった」

「はい」

「いろいろとよくしてもらってんだってな。よかったな。……あの人と祝言あげるんだって」

「はい。彦三郎さんの仕事の区切りがついたら」

そうか、と、兄がうなずいた。

「だったら冬いっぱいは、かかっちまうな。岩崎先生の本の編纂《へんさん》はなかなか時間がかかる。でも次の春には、あんたも、もう嫁さんってことだな」

「春なんですね。知らなかった。彦三郎さん、いつ頃に区切りがつくかをわたしに言ってくれてないから」

まさかこんな形で、しかも兄づてにそんなことを教えられるなんて思いもよらず、はるはつい笑ってしまう。

「遠いようでも、すぐに春だよ。忙しくしてりゃあ、時間は過ぎていく」

「はい」

寅吉が猪口の酒を飲み干して、烏賊飯をつまむ。美味しそうに目を細め、うつむいて笑う。

「これでもう安心だ。ろくでもない兄のことはもう忘れて、あんたひとりで幸せになんなよ」

また、そういうことを言うのだと、はるは思う。はるを親戚《しんせき》に預けて出稼ぎにいってしまったときと同じだ。兄は、はるを置き去りにして、自分ひとりだけで苦労を背負う。

「……嫌です」

気づけば、はるはそう返していた。

「ひとりだけで幸せになんかなりませんよ。まわりの人みんなと幸せになるんです。それに、兄ちゃ……いえ――あなたも幸せになるって言ってくれなきゃ嫌です」

寅吉は虚を突かれた顔になり、目を瞬かせた。

「教えられないようなことしてるんでしょう。だったら、今夜は、聞かないでいます。

そういう約束をできるくらいには、わたしも大人になりました」

「そうか。わかった」

兄の声に、はるはほっと肩の力を抜く。

伝えて、悟った。

もうずっと、はるは、兄にこの言葉を言いたかったのだと思う。ひとりきりで不幸を背負って、寂しくならないでと兄に言いたかった。

幸せになってくれればと願っている。

どんな形の、どんな幸福かは人それぞれだ。

誰のために、なんの嘘をついているのと、いま聞いても答えてくれないことはわかっていた。寅吉は、一度、嘘をつこうと決めたら、貫き通す。悪事であろうと理由があってやりはじめたなら、やり通す。

それでも、はるの顔を見にきてくれた。

今夜は、それで、いい。元気で生きてくれているなら、それが、いい。

——兄ちゃんは、シーボルトさんのところから、おしのびで江戸に出てきたんだ。シーボルトという人が長崎の出島でなにをしているのかを、はるは、知らない。異国の人で、立派な人。どうやって兄がそこに流れついたのか。なんの仕事をしているのか。後ろ暗いけれど、大金が手に入るそんな仕事なのだろう。

——そのうち、話してくれる日がくるのかもしれない。

はるは空になった猪口に酒を注ぐ。

「ありがとうよ」

と、兄が酒を飲む。

ゆっくりと食べて欲しいと願ったのに、兄は次々と烏賊飯を平らげてしまうものだから、あっというまに皿が空になってしまった。

「そんなに急いで食べなくてもいいのに」

甘えた声が出て、寅吉がふっと目元を和ませる。

「木戸が閉まる前に帰らないとなんねぇからな。ご馳走さん。うまかったよ」

立ち上がる寅吉の顔は険しくて、さっきまでの烏賊飯を頬張っていた男とは別人になっている。押しても引いても動かないがんとした岩に似た横顔に、かける言葉が見つからない。

寅吉ははるに背を向けた。振り返りもしなかった。

「兄ちゃん。また会えるよね」

返事はなかった。

寅吉が勝手口の戸を開けると、すぐそこに彦三郎が立っていた。

彦三郎の肩をゆるく叩き、すれ違いざまに、彦三郎の耳元で祈るみたいに、ささやいた。

——はるを、頼む。

たしかに寅吉はそう言った。

「はい」

と、彦三郎がはるを見る。

「はるさん、忙《せわ》しなくて悪かったね。今夜はちゃんと戸締まりして寝るんだよ、次はまた年明けの春に」

口早にそう言って、彦三郎が提灯を手に寅吉を追いかける。

「本当にあの人は」

と、口に出した言葉が白い息に変わる。

頼りにならないようでいて、ここぞというときには、はるを励ましてくれるふがいない絵師は、はるの兄を捜して連れてきてくれた。

ひと目でいいから会いたいと願った兄と言葉を交わし、思い出の味を食べてもらった。

明日の朝一番に、治兵衛に兄と会えたことを話そうと、はるは思う。

ふたりの姿はすぐに闇に溶けて見えなくなった。

きっと、自分は、兄を追ってはならないのだろう。前に兄の背中を見送ったときとは違い、今日のはるは、迷わなかった。理由があって、心に決めて、兄は、はるを置いて出た。

顔を上げる。

寒さに磨かれた星が明るい。

ふと、彦三郎が描いてくれた絵を思いだす。

見たまましか描けない絵師の描いたはるの姿が真実ならば——暗い夜のなかでも、はるは、店の竈の火に照らされて、明るい朝を引き寄せることができるはず。

「遠いようでも、すぐに春ね」

この後に続く凍える冬も、きっとあっという間に過ぎていく。年の暮れには、煤払《すすはら》いをして、正月にはみんなで餅《もち》を焼こう。新しい年のはじまりには、どんな料理を作ろうか。

——ここで待っていたら、いつかまた会える日もくる。

きっと、そう。

だから、はるは『なずな』に根を張って、綺麗な花を咲かせよう。

「ううん。花だけじゃなく、実が生《な》るといい。だって、わたしは食べることが大好きなんだもの」

帯の間にしまった、柘植の櫛を取りだし、指で葡萄《ぶどう》の細工をなぞる。

ここでどんな実をつけるかは、はる次第だ。

美味しく食べられる実を生らそうと胸に誓い、はるは、そっと戸を閉めた。

時代小説文庫
さ 28-4

秘《ひ》めた想《おも》いの桜《さくら》飯《めし》 はるの味《あじ》だより

著者 佐々木禎子《ささきていこ》

2023年5月18日第一刷発行

発行者 角川春樹

発行所 株式会社 角川春樹事務所
〒102-0074 東京都千代田区九段南2-1-30 イタリア文化会館

電話 03(3263)5247[編集] 03(3263)5881[営業]

印刷・製本 中央精版印刷株式会社

フォーマット・デザイン&シンボルマーク 芦澤泰偉

ISBN978-4-7584-4564-1 C0193 ©2023 Sasaki Teiko Printed in Japan
http://www.kadokawaharuki.co.jp/[営業]
fanmail@kadokawaharuki.co.jp[編集] ご意見・ご感想をお寄せください。